Catrìona Lexy Campbell is the author of five previous novels, including *Cleasan a' Bhaile Mhòir* for Sandstone Press, and of a number of plays for stage and radio, and has been Writer in Residence at Sabhal Mòr Ostaig.

NIGHEANAN MÒRA

Catrìona Lexy Campbell

First published in Great Britain
and the United States of America
in 2014 by
Sandstone Press Ltd
Dochcarty Road
Dingwall
Ross-shire
IV15 9UG
Scotland.

www.sandstonepress.com

Lasag is an imprint of Sandstone Press Ltd

Lasag's series of Gaelic readers offers young adults a range of
engaging, easy-to-read fiction, with English chapter summaries
and glossaries to assist Gaelic learners.

The publisher acknowledges support from the Gaelic Books Council
towards publication of this volume.

**COMHAIRLE NAN
LEABHRAICHEAN**
THE GAELIC BOOKS COUNCIL

ISBN: 978-1-908737-96-0
ISBNe: 978-1-908737-97-7

Cover design by Rawshock
Typeset by Iolaire Typesetting, Newtonmore
Printed and bound by Totem, Poland

Caibideil 1

It's Jo's 30th birthday and her flat is heaving with party guests. Her boyfriend Graeme asks her to move in with him – it's the grown-up thing to do, like a proper couple – but her flatmates, Bell and Anna, are horrified. They've been living together for ten years, ever since they were students. Jo can't run off and desert them, can she?

Bha am flat beag aca trom le cuirp. A h-uile oisean is uachdar air a lìonadh le daoine ag òl, a' smocaigeadh, a' gàireachdainn agus a' còmhradh ann an guthan àrda. Bha aca ri bhith a' bruidhinn àrd oir bha an ceòl a bha an DJ a' cluich gus na h-uinneagan a sgàineadh.

Bhon chòrnair, ghabh Anna balgam bhon chana leann aice agus sheall i riutha le gràin.

'Cò th' anns na daoine seo, co-dhiù?'

'Tha mi smaoineachadh gu bheil an fheadhainn ud bhon chlub. Tha an DJ bhon chlub cuideachd. Agus sin na cousins aig Jo às na Hearadh. Oh, agus sin Joshua. Bheil cuimhn' agad air-san?'

'Chan eil.'

'*Tha* cuimhn' agad! Bha e san aon chlas riut. 'S e genius a th' ann.'

'Aidh, ma tha thu smaoineachadh gu bheil string theory

---

sgàineadh   *crack, shatter*
balgam   *mouthful, swig*
gràin   *hatred, disdain*

a' ciallachadh dòighean eadar-dhealaichte do bhrògan a cheangal.'

'Bha fhios a'm gun robh cuimhn' agad air!'

'Dùin do chab, Bell.'

Chuir Bell a gàirdean timcheall air a caraid agus dh'fhàisg i gu broilleach i. Dh'fheuch Anna ri gluasad air falbh ach theannaich Bell a grèim gus nach fhaigheadh i às.

'Hoidh! Leig às mi, a ghloic!'

'Cha leig! Dè tha ceàrr ort? Carson nach caomh leat cuddles, Anna?'

'Tha thu ga mo mhùchadh!'

Cha bu chaomh le Anna duine sam bith a bhith a' beantainn rithe. No fiù 's a bhith ro fhaisg oirre. No san aon rùm rithe. Bha i air cantainn ri Bell turas gun do ghabh i farmad ri Robinson Crusoe nuair a leugh i an leabhar ud an toiseach. Cha robh Bell a' creidsinn facal dheth. Bha ise cinnteach gur e dìreach dìth practice a bh' ann. Uill, sin agus na pàrantan iargalta fuar aice.

'Bheil rùm gu leòr an sin dhòmhsa?'

Sheall Anna suas gus Jo fhaicinn a' tighinn na leum.

'Group hug!'

Thuit i air muin an dithis aca le h-uile cuideam agus thug i pòg mhòr dha Anna ma leth-cheann.

'Okay,' arsa Anna, a guth ìosal, 'tha sin gu leòr.'

Bha fhios aig Jo agus Bell gun robh thìd' aca stad. Nuair a bha an guth aig Anna a' dol sàmhach mar sin, bha cho math dhut gluasad air falbh cho luath 's a ghabhadh.

'Ceart,' thuirt Jo, 'cò tha 'g iarraidh deoch eile?'

'Gheibh mise iad,' thuirt Anna na cabhaig.

Dh'òl Bell na bha air fhàgail dhen leann aice, a' toirt a' chana

---

dùin do chab   *shut your mouth, shut up*
gloic   *idiot*
mùchadh   *stifle, smother, choke*
gabh farmad ri   *envy, be jealous of*
iargalta   *surly, forbidding*
leth-cheann   *cheek, side of the face*

dha Anna le brùchd àrd. Chrath Anna a ceann agus dh'fhalbh
i chun a' chidsin, a' seachnadh nan daoine a dh'fheuch ri
bruidhinn rithe air an t-slighe.

'Bheil do phàrtaidh a' còrdadh riut, ma-thà?'

Sheall Jo mun cuairt an rùm, 'Aidh. Tha e glè mhath. Cha
mhòr gun urrainn dhomh chreidsinn gu bheil mi deich thar
fhichead mu thràth.'

'No mise. Tha sinn a' fàs aost.'

'Nach ist thu! Tha thusa fhathast fichead 's a naoi. Dè an
uair a tha e a-nis?'

'Gu bhith cairteal gu naoi.'

'Cha bhi fada gus am bi Graeme an seo. Thuirt e gun robh
surprise aige dhomh.'

B' e Graeme am boyfriend aig Jo agus bha iad air a bhith
còmhla airson còrr air bliadhna a-nis. Bha Graeme ag obair a'
càradh agus a' reic seann chàraichean – no 'classics' mar a bh'
aige orra – agus, nam beachd-san, cha robh càil san t-saoghal
cho dòrainneach. Ach bha Jo toilichte leis a rèir choltais agus,
an taca ri feadhainn dhe na boyfriends a bha air a bhith aice,
co-dhiù, bha e gasta rithe.

'Seo e!'

Chluinneadh tu an ràn aig càr Ghraeme bho thrì sràidean
air falbh. B' e 1979 Aston Martin V8 Volante a bh' ann le
GK 1 sgrìobht' air a' licence plate. Bha e air innse dhaibh mu
deidhinn mìle uair 's e a' slìobadh na bonaid innealta, geal
gu pròiseil. Bhiodh Anna a' mèaranaich agus a' roiligeadh a
sùilean mar chuibhlichean baidhsagail ach cha robh Graeme
a' leigeil air gun robh e a' mothachadh. Bha e ann an saoghal
eile. An aon uair eile a chitheadh iad e a' coimhead buileach
cho glacte, b' e nuair a bha e a' coimhead ri Jo. An uair sin,
bhiodh na sùilean aige a' deàrrsadh.

'Happy birthday, darling!'

Chuir e a ghàirdeanan timcheall air Jo agus thog e suas dhan

---

brùchd   *belch*
innealta   *elegant*
a' mèaranaich   *yawning*

adhar i, na casan aice a' breabadaich gu sunndach foidhpe.
Phòg iad a chèile airson greis a bha rudeigin ro fhada agus, an
uair sin, chuir an DJ stad air a' chlàr a bha e a' cluich. Chaidh
na solais dheth agus choisich Anna a-mach às a' chidsin le cèic
na làmhan; an rùm a' lìonadh le solais nan deich coinnlean
thar fhichead a bh' oirre.

'Meal do naidheachd an-diugh …'

'Happy birthday to you …'

'Meal do naidheachd, Jo – oh – OH!'

'Happy birthday to you!'

Thòisich luchd na pàrtaidh uile a' clapadh agus ag èigheachd.
Dh'fheuch cuideigin ri tòiseachadh air *For she's a jolly good
fellow,* ach thug Anna sùil gheur air agus stad e.

Dhùin Jo a sùilean airson diog agus, an uair sin, lùb i sìos
agus shèid i a-mach na coinnlean ann an aon anail. Thòisich
na h-aoighean ri clapadh a-rithist ach chuir i stad orra.

'Thanks so much for coming, everyone. It's so nice to see
you all here and thanks so much for all the pressies. Amazing,
seriously. Especially the trip to Rome, Martine. I can't wait.'

Bho oisean, rinn am boireannach a bu bhrèagha a chunnaic
Bell a-riamh fiamh-ghàir' ri Jo agus thog i glainne rithe. B' e sin
Martine Delaney. Aon dhe na caraidean *eile* aig Jo. Caraidean
bhon chlub anns an robh i ag obair, caraidean bhon thèatar
agus bho chòmhlain-ciùil air an robh i eòlach. Caraidean a
bha dol air làithean-saora dhan Eadailt agus a bha deònach
pàigheadh airson Jo cuideachd. Cha robh càil a dh'fhios aig
Bell ciamar a bha i a' coinneachadh ri uiread de dhaoine ach
b' ann mar sin a bha Jo a-riamh.

'There's still my present,' thuirt Graeme, a' toirt bogsa beag
a-mach à phòcaid.

Ghlac anail Jo na slugan. Thàinig a guth a-mach mar bìog,
'What's this?'

'Open it.'

Bha an rùm sàmhach. Cha do ghluais duine cnàmh fhad 's

---

slugan   *gullet, throat*
bìog   *chirp, squeak*

a reub Jo am pàipear brèagha purpaidh bhon bhogsa. Sheall
Bell ri Anna agus chunnaic i an iomagain air a h-aodann; an
aon iomagain a bha Bell fhèin a' faireachdainn. Dh'fhosgail Jo
am parsail agus, an sin, bha trì iuchraichean.

'They're the keys to my flat. Jo, will you move in with me?'

Airson greiseag, cha do sheall Jo ris. Thog i na h-iuchraichean
bhon bhogsa agus thionndaidh i iad na làimh. Bha a h-uile
duine ga coimhead gun fhacal gus, mu dheireadh, thog i a
ceann agus sheall i ris. Bha deòir na sùilean agus gàire sgaoilte
air feadh a h-aodainn.

'Of course I'll move in with you!'

Leig luchd a' phàrtaidh èigh mhòr eile agus thòisich an
ceòl a-rithist. Dh'fhosgail cuideigin botal champagne. Lìon an
seòmar le aoibhneas is gàirdeachas; gach duine a' feitheamh
airson a' chothruim acasan innse dha Jo is Graeme cho toili-
chte 's a bha iad gun robh iad a' gabhail a' cheum seo còmhla.
Bha làn thìd' agaibh, thuirt feadhainn. *Chan urrainn dhut a
bhith nad oileanach gu bràth,* thuirt cuid. *Tha sibh gu bhith cho
dòigheil le chèile,* thuirt a h-uile duine. A h-uile duine ach Anna
agus Bell. Bha iadsan a' coimhead ri chèile le uabhas.

B' e Anna a fhuair grèim oirre fhèin an toiseach. Chaidh i
a-null gu Bell na cabhaig agus, a' gabhail grèim air làimh orra,
shlaod i chun a' chidsin i.

'An do dh'innis i dhutsa mu dheidhinn seo?'

Bha guth Anna ìosal ged nach robh duine eile san rùm.

Chrath Bell a ceann, 'Cha robh fios aice fhèin mu dheidhinn.
'S e surprise a bh' ann.'

'Uill, 's e sin a bh' ann. Chan urrainn dhi seo a dhèanamh
orm.'

'Ortsa? Dè ma mo dheidhinn-sa? Tha mise gu bhith stuicte
an seo leats'!'

'Dè tha ceàrr ormsa?'

'Agus chan urrainn dhuinn pàigheadh airson a' flat seo
leinn fhèin. Bidh againn ri flatmate ùr a lorg.'

---

bha làn thìd' agaibh *it was high time*
stuicte *stuck*

'Na can sin! Cha tig e gu sin.'

'Dè tha sinn dol a dhèanamh, Anna?'

'Chan eil fhios a'm fhathast ach smaoinichidh mi air rudeigin.'

Dh'fhosgail an doras le brag agus cha mhòr nach do thuit Jo a-steach dhan chidsin. Air a cùlaibh, bha aon dhe na cousins Hearach agus am botal champagne aige na làimh. Rinn e gàire mhòr riutha agus chuir e gàirdean tiugh mu ghualainn Anna.

'Uill, a nigheanan. Dè tha sibh a' dèanamh a' falach a-staigh an seo?'

Chaidh aodann Anna geal agus thòisich i a' gìsgeadh a fiaclan. Ghabh Jo grèim air a cousin agus ghluais i e air falbh mas cuireadh Anna a bròg na ghobhal.

'A Dhonaidh, seo mo charaidean. Annabel NicLeòid is Anna Knox. Seo balach m' Antaidh Màiri.'

Rug am balach tapaidh air làimh air Bell agus thug e pòg dhi. Ghluais Donaidh an uair sin airson breith air làimh air Anna cuideachd ach shaoil e na b' fheàrr dheth.

'Sibhse Bell is Anna, ma-thà? Tha Jo an-còmhnaidh a' bruidhinn mur deidhinn. Dè cho fada 's a tha sibh air a bhith a' fuireachd còmhla a-nis?'

'Bhon a bha sinn san oilthigh còmhla,' thuirt Bell. 'Cha mhòr deich bliadhna a-nis.'

'Mo chreach! Triùir nighean a' fuireachd sa flat bheag seo airson deich bliadhna? 'S e iongnadh a th' ann nach do chuir sibh às dha chèile!'

Sheall Jo ris an dithis aca agus chrath i a ceann, 'Chan e iongnadh a th' ann idir.'

Chitheadh iad na deòir a' tòiseachadh na sùilean a-rithist. B' e sin am fìon. Bha Jo an-còmhnaidh rudeigin emotional le glainne fìon innte.

'Sibhse na caraidean as fheàrr a th' agam.'

'Oh God! Who set her off?'

Thàinig Graeme a-steach gu dòigheil, a' cur a ghàirdean mu

---

a' gìsgeadh a fiaclan   *gnashing her teeth*
gobhal   *crotch*

ghualain Jo agus a' toirt pòg dhi, 'Didn't I tell you to go easy on the champagne?'

Thug Anna sùil dhìomhair air Bell agus thog i aon dhe na malaidhean aice rithe. Chunnaic Jo seo ach cha do leig i càil oirre. Bha i math air a bhith a' toirt a chreids nach robh i a' faicinn an dithis aca a' magadh air Graeme.

'We were just telling Donnie about how long we've been living together. Ten years!'

'Well, I'm very sorry to be stealing her from you, girls,' thuirt Graeme, a' tionndadh gu Anna is Bell, 'but you've had her long enough. It's my turn now.'

Bha choltas air gun robh e gus burstadh le toileachas ag ràdh seo agus cha mhòr gum b' urrainn dha Anna an stùirc a chumail bho h-aodann.

'We think it's great!' arsa Bell, a guth rudeigin ro àrd, 'Don't we, Anna?'

Thug Bell uileann dhi na cliathaich.

'Great,' arsa Anna. 'Just great.'

---

malaidhean　*eyebrows*
a' magadh air　*mocking*
stùirc　*scowl*

Caibideil 2

It's her first day at university and Bell doesn't know anyone. Her stereo disturbs her neighbour, a scary goth girl called Anna, but it leads to the discovery that they're both Gaelic speakers. They decide to check out a freshers' party, where they meet Jo. The party looks a bit lame at first, but the three girls end up dancing and drinking all night.

Bha an t-uisg' a' dòrtadh a' chiad latha ud san oilthigh. Shuidh Bell air an leabaidh shingilte agus thuig i, airson a' chiad turas, mar a bha aonranas a' faireachdainn. Cha robh Bell air mòran ùine a chur seachad leatha fhèin riamh agus, ged nach robh ach trì uairean a thìde bho dh'fhàg a teaghlach i sna student halls, bha i gan ionndrainn mu thràth. Bha a màthair air faighneachd dhith a-rithist 's a-rithist am biodh i ceart gu leòr. Thuirt Bell gum biodh ach cha robh i cho cinnteach a-nis.

Bha i air stereo a thoirt leatha agus ultach CDs. Sheall i tromhpa agus lorg i an tè a bha i ag iarraidh: *The Ramones, It's Alive*. Chuir i suas a' volume agus, le glaodhraich Joey Ramone a' toirt spionnadh dhi, thòisich i a' sgioblachadh nan gnothaichean aice. Lìon i na dràthraichean agus am preas le cuid aodaich agus chuir i dealbh dhen teaghlach air a' bhòrd. Chuir i na postairean aice air na ballachan – The Smiths,

---

ultach   *a bundle*
glaodhraich   *racket, loud noise*

Manic Street Preachers agus Siouxsie and the Banshees –
agus na plaidichean aice fhèin air an leabaidh. Bha sinc bheag
sa chòrnair agus chuir i a' bhruis-fhiaclan aice ri taobh.

Nis dè bha i a' dol a dhèanamh?

Bha Joey a' seinn *Gimme Gimme Shock Treatment* agus chuir
i suas a' volume nas àirde. Thòisich i ga tilgeil fhèin timcheall
an rùm; a' crathadh a làmhan agus a' sadail a falt fada, donn
mun cuairt gus an robh a h-amhaich goirt. Thug i chreids gun
robh giotàr aice agus sheinn i còmhla ri Joey aig àird a guth:

'Happy happy happy all the time, shock treatment, I'm
doing fine! Wooh!'

Brag, brag, BRAG!

'Gimme gimme shock treatment!'

BRAG! BRAG! BRAG!

'Excuse me!'

'I wanna, wanna shock treatment!'

'EXCUSE ME!'

BRAG! BRAG! BRAG!

Stad Bell agus sheall i ris an doras.

'CAN YOU HEAR ME?' dh'èigh cuideigin air an taobh eile.

Chuir i sìos an stereo agus dh'fhosgail i an doras. An sin,
bha nighean anabarrach àrd, chaol mun aon aois rithe fhèin
le craiceann cho geal 's a chunnaic Bell a-riamh agus falt cho
dubh ris an t-sùith. Shaoil Bell airson diog gur dòcha gur
e goth a bh' innte. Gu dearbha, bha i a' coimhead gu math
mì-thoilichte.

'I'm in the room next door and I was trying to read.'

'Oh, right. Sorry. So you're my neighbour. Great! Do you
want to come in for a cup of tea?'

Sheall an nighean rithe le sùilean gorm-geal geur, 'Do you
have a kettle? Or tea?'

'Umm … no. But we could find some. Do you like The
Ramones?'

'No,' thuirt an nighean, 'I like reading … quietly.'

---

sùith *soot*

'Oh. I'm not much of a reader myself.'

'Oh-kay,' thuirt an nighean agus, fo h-anail, 'sin a bhithinn air tomhas.'

Cha mhòr nach do leig Bell sgreuch. Bha Gàidhlig aice! Bha i ga càineadh leis ach, smaoinich Bell, dè an diofar? Cha robh i air duine sam bith eile fhaicinn agus cha b' urrainn dhi mionaid eile a chur seachad san rùm seo leatha fhèin.

'Just keep the volume down and we'll be fine,' thuirt an nighean agus thòisich i a' coiseachd air falbh.

'Fuirich,' arsa Bell agus stad an nighean. 'Tha cidsin shìos an trannsa. Chunnaic mi coire an sin. 'S dòcha gum bi tì ann cuideachd.'

Thionndaidh an tè neònach air ais thuice, 'Tha Gàidhlig agad?'

'Aidh. Tha mi às a' Ghearasdan. Thusa?'

'Muile.'

'Cumaidh mi a' fuaim sìos. Mo ghealladh. 'S mise Annabel NicLeòid. Ach 's e Bell a th' aig a h-uile duin' orm.'

Rug an nighean air làimh oirre agus bha na corragan fada aice cho fuar ris a' phuinnsean, 'Anna Knox. Dìreach Anna.'

Bha an cidsin beag fhathast sgiobalta an uair sin. Cha do sheas sin fada – an ceann seachdain bha an t-sinc làn shoithichean agus an luchd-glanaidh a' maoidheadh stailc – ach, nuair a sheall Bell agus Anna mun cuairt an latha ud, bha gach preas agus drathair falamh agus cha robh càil ri lorg sa frids. Bha coire, tostair agus microwave ann, ge-tà, agus bòrd le sèithrichean plastaig timcheall air. Air a' bhòrd bha pacaid de thì meannt.

'Nì seo a' chùis,' thuirt Bell agus chuir i air an coire.

Rinn Anna boill nuair a thug i dhi an tì, 'Ghìa! Tha seo mar toothpaste teth.'

---

sin a bhithinn air tomhas   *I might have guessed, just as I thought*
trannsa   *corridor*
mo ghealladh   *I promise [lit. my promise]*
cha do sheas sin fada   *that didn't last [lit. stand] long*
a' maoidheadh stailc   *threatening to [go on] strike*
rinn Anna boill   *Anna grimaced, pulled a face*

''S caomh leamsa e. Agus tha a' phacaid ag ràdh gu bheil e math dha do stamaig cuideachd.'

'Bheil thus' an-còmhnaidh cho dòigheil?'

'Bheil thus' an-còmhnaidh cho greannach?'

Air a' bhalla, bha cuideigin air postair a chur suas airson pàrtaidh san t-seòmar mhòr chruinneachaidh shìos an staidhre aig ochd uairean an oidhche ud. Bha cuireadh aig a h-uile *fresher* tighinn airson coinneachadh ri chèile agus an cuideam òl ann a' bhodca is Red Bull.

'Dè mu dheidhinn?'

Rinn Anna lachan cruaidh, 'No chance.'

'Dè? Carson? Bidh e math.'

'Right, number one, chan eil fhios agad air sin. Chan eil dearbhadh sam bith agad gum bi e math. Dhà—'

Cha d' fhuair Anna air crìoch a chur air na bha i ag ràdh oir dh'fhosgail an doras agus thàinig nighean bhàn, thapaidh a-steach. Bha gàire air a h-aodann gus am faca i an tì sna cupannan aca.

'Is that my tea?'

'Oh, sorry,' arsa Bell gu cabhagach, 'I thought it was communal.'

'Well, it's not.'

'It's disgusting,' thuirt Anna a' taomadh na bh' aice sa chupa sìos an t-sinc. 'I won't be drinking any more so you don't have to worry.'

Bha choltas air an nighinn gun robh i airson argamaid ri Anna ach bha i mì-chinnteach. Bha gu leòr mu dheidhinn Anna a bha ag innse dhut nach biodh sabaid leatha furasta. No gum faigheadh tu às beò.

'Right then,' thuirt an nighean, mu dheireadh. 'Cool beans.'

Thug Bell sùil air a caraid ùr agus smaoinich i airson a' chiad turas – agus cha b' e an turas mu dheireadh – gur dòcha gur e liability eagalach a bh' ann an Anna 's i a' feuchainn ri

---

greannach   *grumpy*

an cuideam òl   *to drink their [own] weight*

a' taomadh   *pouring*

coinneachadh ri daoine ùra. Gu dearbha, cha robh an tè seo a' coimhead uabhasach dèidheil oirre.

Gheibh mi cuidhteas i a dh'aithghearr, smaoinich Bell rithe fhèin. *Coinnichidh mi ri daoine eile a-nochd. Agus chan eil i airson tighinn chun a' phàrtaidh, co-dhiù.*

Ach aig còig mionaidean gu ochd, nochd Anna aig an doras aice a-rithist, botal fìon dearg na corragan reòite agus leth-ghàir' air a h-aodann biorach.

'Bheil thu deiseil?'

Sheall Bell ris a' ghleoc, 'Tha e rudeigin tràth.'

'Tha e a' tòiseachadh aig ochd.'

'Aidh, ach cha bhi duine a' dol gu pàrtaidh aig an dearbh uair a tha e a' tòiseachadh.'

'Carson?'

'Chan eil fhios a'm. Sin dìreach mar a tha e.'

Sheas Anna ga coimhead agus cha robh fhios aig Bell dè eile b' urrainn dhi cantainn. Thog i a' phacaid *Marlboro Lights* aice bhon bhòrd agus na ceithir canaichean leann a bha i air ceannachd agus lean i a caraid ùr sìos chun a' phàrtaidh.

Mar a bha i air a bhith an dùil, cha robh duine ann ach an dithis aca agus na h-oileanaich bhon dàrna bliadhna a bha air an oidhche a chur air dòigh ach, an ceann leth-uair a thìde, bha cha mhòr a h-uile duine bhon togalach aca san t-seòmar. Sheall Bell mun cuairt agus lìon i le toileachas. B' e seo a bha i air a bhith a' sùileachadh bho beatha san oilthigh: daoine òga, beothail le aodach fasanta agus gruagan dathte, a' còmhradh, a' gàireachdainn agus a' lorg charaidean a bhiodh aca gu bràth. Nam b' urrainn dhi dìreach a misneachd a lorg bruidhinn ri cuideigin, bhiodh i air a slighe. Bha fiù 's Anna air cuideigin a lorg ris am bruidhneadh i ged nach robh esan a' coimhead ro thoilichte mu dheidhinn.

Ghabh i balgam bhon chana leann, ga fhalmhachadh, agus dh'fhosgail i fear eile. Agus an uair sin fear eile. Le blàths an

---

reòite   *frozen*
biorach   *sharp*
gruagan dathte   *dyed hair*

deoch làidir ga lìonadh, thòisich i a' dannsa. B' ann a' dannsa a bha i air coinneachadh ri Jo agus bha iad air dannsa còmhla. Bha plana air a bhith aice dhol gu club eile ach nuair a choinnich i ri Bell agus Anna dh'fhuirich i far an robh i.

Cha robh mòran cuimhn' aig Bell air a' chòrr dhen oidhche às dèidh sin. Bha i cinnteach gun robh i air a bhith mìorbhaileach 's i a' dannsa ri TLC agus Ricky Martin. Bha i mionnaichte às gun robh i air bruidhinn ri mìle duine, gun robh i air iomadh caraid ùr a dhèanamh agus cha robh teagamh sam bith aice gum biodh cuimhne aig daoine oirre. Ach, aig deireadh na h-oidhche, b' e dìreach Anna agus Jo a bha leatha a' coimhead na grèine ag èirigh. B' e iadsan a bha air a cuideachadh air ais chun an t-seòmair aice, air a cur dhan leabaidh agus air glainne uisg' is am bion fhàgail ri taobh, gun fhios nach biodh feum aic' air dìobhairt tron oidhche. B' e iadsan a thug dhith a brògan agus a chuir stad oirre mas do dh'fhònaig i an seann bhoyfriend aice. Gu dearbha, choinnich Bell ri tòrr dhaoine an oidhche sin ach cha do lorg i ach dithis charaidean.

---

bha i mionnaichte às   *she was sure*
dìobhairt   *vomit*

Caibideil 3

Anna's brusque attitude doesn't endear her to her clients at the job centre. She hates the job anyway, but at least she can escape to the library at lunchtime ... except that today there's a young man sitting in her favourite chair. Anna is characteristically rude to him, but he is fascinated by her. He asks if he can take her for coffee but she sets him a challenge she expects him to fail.

Sheall an duine beag, cruinn ris a' phìos pàipeir agus an uair sin ri Anna. Bha faileas pinc air tighinn gu phluicean agus bha an stais os cionn a liop a' critheadaich leis an ainmein.

'You can't be serious?'

'It's a perfectly good job.'

'But ... it's ... I'm a bank manager!'

'You were a bank manager, Mr Fletcher. Now you're unemployed and, no offence, but with your track record you'll be lucky if they take you at the *Chicken Shack*.'

Thug Maighstir Fletcher neapraig às a phòcaid agus shuath e a mhaoil leis, 'This is ridiculous. I want to speak to your manager.'

Thionndaidh Anna gus èigheachd air Milena ach bha i na

---

faileas pinc   *a tinge of pink*
pluicean   *cheeks*
critheadaich leis an ainmein   *trembling with rage*
neapraig   *handkerchief*
shuath e a mhaoil leis   *he wiped his brow with it*

seasamh air a cùlaibh mu thràth. Cha mhòr nach deach Anna
à cochall a cridhe.

'What is happening here, Anna? Why is this man so red? Is
he having heart attack?'

Bha Milena às a' Phòlainn agus bha i air a bhith a' fuireachd
ann an Alba airson sia bliadhna. San ùine sin, bhiodh i ag
innse dha daoine, bha i air obair a lorg airson còrr air dà
cheud neach a thàinig tro dhoras an ionad-obrach. Bha i àrd
is aotrom air a casan, le sùilean dubha dorcha agus craiceann
a bha an-còmhnaidh donn bhon ghrèin ged nach robh i a'
gabhail làithean-saora uair sam bith. Bha i gu math brèagha
cuideachd agus chunnaic Anna gun robh Maighstir Fletcher
air grèim fhaighinn air fhèin agus bha e nis a' feuchainn ri
gàire chàirdeil a dhèanamh.

'No, no, I'm fine. Phillip Fletcher,' thabhaich e làmh bhog
oirre, corragan mar isbeanan. 'I think your employee here
made a mistake. I have a degree, you see, and many years
experience in the financial sector. I can't be expected to work
in some bloody fried chicken hut.'

'It's a shack,' thuirt Anna.

'It's a joke,' thuirt Maighstir Fletcher gu caiseach.

'Okay, Anna. I'll deal with this. You go to lunch.'

Sheall Anna ris a' ghleoc. Cha robh e meadhan-latha
fhathast ach bha i toilichte an cothrom fhaighinn dèanamh
às. Bha leabharlann faisg air an ionad-obrach agus chean-
naich i ceapaire dhi fhèin mas deach i a-steach. Rinn i air a'
chòrnair àbhaisteach aice aig cùl an t-seòmair, air cùl nan
sgeilfichean agus ri taobh nan leabhraichean saidheans. Mar
as àbhaist, cha bhiodh duine an sin ach i fhèin. Shuidheadh
i san oisean bheag agus leigeadh i dhan an eanchainn aice a
bheòthachadh a-rithist. Bha i a' leughadh leabhar trom leis an
tiotal *Quantum Concepts in Physics: An Alternative Approach to*

---

cha mhòr nach deach Anna à cochall a cridhe   *Anna almost jumped out of her skin*
thabhaich e làmh bhog oirre   *he offered her a limp hand*
isbeanan   *sausages*
gu caiseach   *angrily*

the Understanding of Quantum Mechanics agus bha e a' còr-dadh rithe ged a bha i air mearachd a lorg an siud 's an seo, mu thràth. Bha i a' coimhead air adhart ri suidhe leatha fhèin airson greiseag bheag. 'S dòcha gum b' urrainn dhi smaoine-achadh air plana gus Jo a chumail bho falbh. Thionndaidh i an còrnair agus, an sin, anns an t-sèithear aicese, bha duine na shuidhe 's e ag obair air fòn-làimhe.

'Excuse me,' thuirt i. 'This is my seat.'

Thog e cheann agus bha fiamh a' ghàir' air aodann, 'Since when?'

'I always sit here.'

'Not today.'

'You don't even have a book.'

Thionndaidh e sgrìon a' fòn gus am faiceadh i an leab-har didseatach a bha e a' leughadh air. Dh'fhairich Anna a h-aodann a' fàs teth.

'That's not a real book.'

Rinn an duine lachan agus sheas e an-àirde, 'Look, just take the seat if it bothers you so much.'

Chitheadh Anna làrach a thòin air an t-sèithear nuair a sheas e agus thòisich i a' gìsgeadh a fiaclan. Bhiodh aice ri àiteigin ùr a lorg airson suidhe a-nis seach gu robh esan air am fear seo a mhilleadh. Le osann trom, thòisich i a' dèanamh air an doras. 'S dòcha gum biodh a' phàirc sàmhach an-diugh, smaoinich i, ach bha cinnteas aice nach biodh. Carson a bha an-còmhnaidh *daoine* rin lorg sa h-uile h-àite dhan deidheadh i? Cha robh i ach ag iarraidh saoghal far nach robh duine sam bith eile a' cur dragh oirre len cuid bhithealas. An robh sin cus?

'Hey, wait!'

Thionndaidh i gus an duine fhaicinn a' tighinn na coinneamh.

'I didn't mean to make you leave. Seriously, you can have the chair.'

---

làrach a thòin   *the imprint of his backside*
osann trom   *a heavy sigh*
len cuid bhithealas   *with their very existence*

'It's fine. I don't want it now.'

Rinn i airson coiseachd air falbh a-rithist ach sheas an duine air a beulaibh.

'Well, can I take you for a coffee then? There's a place over the road. You can have any chair you like.'

Thug Anna sùil gheur air. Bha e mun aon aois rithe fhèin, bha i creids, 's dòcha beagan nas òige. Bha e gu math nas lugha na bha ise cuideachd. Bha Anna àrd, còig troighean is aon òirleach deug an turas mu dheireadh a sheall i, agus mar as àbhaist cha robh fireannaich ro chofhurtail le sin. Cha b' e sin dhasan, tà. Cha b' urrainn dhan an fhear seo a bhith nas àirde na còig troighean is sia òirlich ach bha e ga ghiùlain fhèin le misneachd. Corp cruaidh, tapaidh agus càirdeas na choltas. Bu lugh' air Anna e mu thràth.

'I don't want a coffee. Please just leave me alone.'

'Look, I'm not a weirdo. My name's Jeffrey.'

'Not interested, Jeffrey.'

Bha an tàmailt soilleir ri fhaicinn air an aodann chruinn aige ach chùm e a' dol.

'Is there nothing I can say to change your mind?'

'Alright,' thuirt i agus chunnaic i an dòchas ag èirigh na shùilean, 'I'll go with you for a coffee if you can answer me one question.'

'Anything.'

'An urrainn dhut Gàidhlig a bhruidhinn?'

Dh'fhosgail Jeffrey a bheul agus dhùin e e a-rithist.

'As I suspected. Goodbye, Jeffrey.'

Ghabh Anna ceum aithghearr timcheall air agus rinn i sìos an t-sràid. Chluinneadh i e ag èigheachd oirre:

'No, wait! Hold on!'

Ach cha do stad i. Bha gnothaichean fiosaigeach a' chruinne-cè rin tuigsinn agus cha robh ùine sam bith aice airson a leithid de chuid amaideis.

Choimhead Jeffrey oirre a' coiseachd air falbh agus thug a

---

ga ghiùlain fhèin le misneachd   *carrying himself with confidence*
bu lugh' air Anna e   *Anna hated him*

chridhe leum. Tha i iongantach, smaoinich e. Cho àilidh, cho ealanta, cho deamhnaidh greannach. Agus seall cho àrd 's a tha i! Cha mhòr gun robh a cheann a' ruighinn a gualainn. Perfect! B' e dìreach gun robh amharas aige nach robh i buileach cinnteach mu dheidhinns' fhathast. Uill, cha robh sin gu diofar. Cha robh aige ach sealltainn dhi cho ceart 's a bhiodh iad dha chèile. Cha bu chòir dha sin a bhith ro dhuilich. Le ceum sunndach, chaidh e air ais a-steach dhan leabharlann airson faighneachd an robh fios aig duine dè bha '*A noo nee noo garlic a veen?*' a' ciallachadh.

àilidh　*lovely*
deamhnaidh　　*devilishly, terribly*

Caibideil 4

Graeme's flat is immaculate, quite unlike the girls' flat, and Jo is bamboozled by all his hi-tech gadgets. She remembers that first night with Bell and Anna at university. It was the start of a beautiful friendship, but now she's moving on. Meanwhile Bell and Anna have a plan of their own, to follow Graeme and find some incriminating information about him that will persuade Jo not to move in with him.

Choisich Jo bho rùm gu rùm, a' gabhail a-steach cho sgiobalta 's a bha gach seòmar, cho sìtheil 's a bha na dathan a bh' air na ballachan, cho glan 's a bha am fàileadh nuair nach robh duine a' smocaigeadh a-staigh (ach feuch thusa ri sin innse dha Bell). Bha Graeme air fortan a chosg a' dèanamh cinnteach gun robh a h-uile nì a' coimhead ceart; gach lampa, gach brat-ùrlar, gach dealbh air a chrochadh gu rèidh. B' e àite airson daoine mòra a bha seo.

'Do you want a coffee, honey?'

Nochd Graeme aig a chùlaibh, inneal beag na làmhan airson na pònairean cofaidh a phronnadh. Bha e dìreach a-mach às an fhrasadair agus bha fàileadh cùbhraidh siabann agus after-shave ag èirigh bhuaithe. Chuir Jo a gàirdeanan ma amhaich agus thug i pòg fhada dha.

---

brat-ùrlar   *rug, carpet*
airson na pònairean cofaidh a phronnadh   *for grinding the coffee beans*
frasadair   *shower*
fàileadh cùbhraidh   *sweet smell*

'I'll take that as a yes then.'

Lean i e air ais chun a' chidsin agus shuidh i air fear dhe na stùil àrda ga choimhead ag obair leis an inneal mhòr a bh' aige airson cofaidh a dhèanamh. Cha robh Jo cinnteach ciamar a bha e ag obair agus bha iomagain oirre fheuchainn. Airson an fhìrinn innse, bha tòrr dhe na h-innealan ann an taigh Ghraeme a' cur feagal oirre. Cha robh càil a dh'fhios aice ciamar a bha an telebhisein ag obrachadh – bha agad ri trì putanan eadar-dhealaichte a phutadh dìreach airson am fuaim fhaighinn ceart – agus a' chiad turas a dh'fheuch i ris an t-inneal-nigheadaireachd obrachadh, cha mhòr nach do chuir i an t-sràid air fad fo thuil.

Bheireadh e greis mas fàsadh i cleachdte ri bhith fuireachd an seo ach bha fhios aice gun robh an t-àm air tighinn. Bha i air a bhith a' fuireachd le Bell agus Anna bhon dàrna bliadhna san oilthigh agus, ged nach innseadh i dhan dithis acasan gu bràth, bha e a' cur beagan nàire oirre na làithean seo. Aig an aon àm, tà, bha e a' cur uabhas oirre bhith smaoineachadh air am fàgail. Cha robh iad an-còmhnaidh furasta ach bha iad an-còmhnaidh inntinneach. B' e sin a tharraing i thuca sa chiad àit'.

Cha robh miann sam bith aig Jo dhol chun a' phàrtaidh an oidhche ud. Bha i air na postairean fhaicinn cuideachd ach cha tug i an dàrna sùil orra. Bha na pàrtaidhean sin airson daoine aig nach robh caraidean mu thràth agus bha caraidean gu leòr aig Jo sa bhaile. Ged a bha i à baile beag air taobh a-muigh Ghlaschu, bha i air a h-òige a chur seachad a' gabhail na trèine a-steach dhan bhaile agus a' feuchainn ri faighinn a-steach dha na clubs le caraidean sgoile. Ged a bha Jo a' coimhead na b' òige na càch, cha robh trioblaid sam bith aice a' faighinn a-steach. Bha i air eòlas fhaighinn air a' chuid as motha dhe na bouncers agus an luchd-obrach sa bhaile agus bha dà bhàr air obair a ghealltainn dhi nuair a thigeadh i dhan oilthigh. Cha robh adhbhar sam bith dhi a dhol gu pàrtaidh

---

cha mhòr nach do chuir i an t-sràid air fad fo thuil   *she almost flooded the whole street*

airson *freshers* aonaranach nuair a bha cuireadh aice gu club
ceart. Bha i air froca ùr a chur oirre agus na cnuip a b' àirde a
bh' aice agus bha i air a slighe a-mach an doras nuair a chuala
i an t-onghail bhon t-seòmar chruinneachaidh. Sheall i ri
h-uaireadair: leth-uair an dèidh deich. Cha bhiodh a caraidean
sa chlub na bu tràithe na aon-uair deug air char sam bith.
Dh'fhaodadh i dìreach a ceann a chur a-steach gus faicinn dè
bha ag adhbharachadh na h-ùpraid.

Dh'fhosgail i an doras agus bhuail teas còrr is ceud corp
oirre le sloic. Ann am meadhan an t-seòmair, bha cearcall air
cruinneachadh timcheall air aon nighean is i a' dannsa gu *Livin'*
la Vida Loca. Bha i a' gluasad mar gun robh dealanach a' ruith
tro corp. Na sùilean aice dùinte, bha i a' sadail an fhuilt fhada
dhuinn aice mun cuairt a cinn mar gun robh i a' feuchainn ri
h-amhaich a bhriseadh. Bha an dàrna leth dhe na daoine bha
ga coimhead a' clapadh agus an leth eile a' gàireachdainn 's
a' fanaid oirre ach cha robh an nighean fhèin a' mothachadh.
Bha i ann an saoghal dhi fhèin agus bha sin air còrdadh ri Jo.
Cha robh cuimhne aig Jo air àm nuair a bha i air faireachdainn
cho saorsainneil. Bha na bha daoine eile a' smaoineachadh mu
deidhinn an-còmhnaidh air a h-aire-se. Thòisich i a' coiseachd
air falbh ach dh'fhosgail an nighean a sùilean agus sheall iad
ri chèile.

Nuair a chunnaic i Jo, rinn an nighean gàire mhòr rithe
agus rug i air làimh oirre. Chrath Jo a ceann ach bha grèim
na h-ìghne teann. Cha fhaigheadh i às gun strì. Na b' fheàrr
dìreach a dhol leis.

Bugger it, smaoinich i rithe fhèin agus chaidh i a dhannsa
còmhla rithe.

Bha am falt aig Jo air a cheangal ann am bun aig cùl a cinn
ach tharraing an nighean e a-mach às an t-snaidhm agus thug

---

cnuip   *heels (of shoes)*
onghail   *a noisy racket*
sloic   *a whack*
dealanach   *lightning*
saorsainneil   *liberated*

i oirre a shadail mun cuairt mar i fhèin. Bha Jo air leth-uair a
thìde a thoirt a' cur a fuilt mar sin ach cha do leig i càil oirre.
Thòisich barrachd dhaoine a' dannsa còmhla riutha cuideachd,
a' tilgeil am fuilt agus a' leumadaich mar gun robh iad nan
teine. Nuair a bha an t-òran deiseil, bha Jo na fallas, a maise-
gnùis na lèig agus am falt aice mar chruach-fheòir. Chuir an
nighean a gàirdeanan timcheall oirre agus dh'fhairicheadh i
fàileadh leann bhuaipe. Bha e soilleir gun robh i air fada cus òl
mar a bha na sùilean aice a' snàmh na ceann.

'That was great!' thuirt i. 'You're a brilliant dancer.'

Rinn Jo gàire rithe, 'Not as good as you. What's your name?'

'Bell.'

Nochd nighean àrd, chaol eadar an dithis aca agus chuir i
cana leann ann an làmh Bell.

'Seo dhut. Òl sin mas bàsaich thu. Dè seòrsa dannsa bha
sin, co-dhiù?'

'Dùin do chab, Anna. Bha an tè seo dìreach ag ràdh … oh
sorry … what's your name again?'

'Jo. Agus tha Gàidhlig agam cuideachd.'

Leig Bell sgreuch, 'Aaah! Tha Gàidhlig agadsa cuideachd.
Tha seo dìreach fantastic. Cò chreideadh e? Bidh sinn mar
club, an triùir againn. Na rudeigin … Gàidhlig. Faodaidh sinn
smaoineachadh air ainm uaireigin eile.'

'Bhiodh sin àlainn, Bell, ach tha agam ri falbh an-dràsta.
Cha tàinig mi steach ach airson faicinn dè bha dol.'

'Och dè? Ach tha sinn dìreach dol a dh'fheuchainn air a'
Macarena.'

'Tha mi duilich. Uaireigin eile, 's dòcha.'

'Deffo!' thuirt Bell agus thug i fàsgadh eile dhi.

Fhad 's a bha i a' coiseachd air falbh chuala i an dithis aca
ag argamaid le chèile:

'Carson a rinn thu sin?'

---

cha do leig i càil oirre   *she didn't let on*
fallas   *sweat*
a maise-gnùis na lèig   *her make-up running*
cruach-fheòir   *haystack*

'Dè rinn mise? 'S e thus' a bha bruidhinn mu dheidhinn club Gàidhlig. 'S beag an t-iongnadh gun do theich i.'

'Ach cha tuirt thusa càil rithe. An fheum thu bhith cho mì-mhodhail?'

'Deffo,' thuirt an tè àrd le sgreamh agus rinn Jo gàire rithe fhèin. Ged a bha iad rudeigin annasach, bha iad gu math èibhinn. Thionndaidh i air ais agus thuirt i, le crathadh-guaille, ''S dòcha aon deoch eile, eh?'

Dh'fhuirich Jo còmhla riutha airson an còrr dhen oidhche. Bha iad air dannsa às an ciall agus air suidhe a' bruidhinn gu madainn. Dh'innis Anna dhaibh mu na pàrantan aice a bha cho clubhair 's a ghabhadh ach nach robh a' toirt gaol sam bith dhi. Bha Bell air bruidhinn mun teaghlach aicese a bha a' toirt nàire oirre agus cho duilich 's a bha i nach fhaca i riamh Janis Joplin a' seinn. Agus dh'aidich Jo nach robh i idir cho mis-neachail 's a bha i a' toirt a chreids, gun robh i tric aonranach gun fhios carson agus gun robh aisling aice aon latha a dhol gu Disneyland – rud a dh'aontaich iad uile a dhèanamh aon latha. Bha iad air grèim a ghabhail air làmhan a chèile agus air gealltainn, cho luath 's a bha an t-airgead aca, gun deidheadh iad ann. Bha iad air bruidhinn is air bruidhinn is air bruidhinn agus, fhad 's a bha iad a' coimhead na grèine ag èirigh thairis air mullaich tallaichean nan oileanach, dh'aontaich iad gum biodh iad nan caraidean gu bràth.

Chuir Graeme muga teth de chofaidh sìos air a beulaibh, ga dùsgadh bho na smuaintean aice. Ghabh i balgam mòr dhen deoch shearbh-mhilis agus sheall i ris thar a' bhùird.

'I'm really going to miss those two when I move in here, y'know?'

'I know, honey. But you can always visit, eh?'

Dh'aontaich i leis, a' faireachdainn beagan nas fheàrr, ach gun do mhothaich i nach robh e air cantainn gum faodadh iad tighinn chun an taighe aigesan. Cha robh Jo a' smaoineachadh gun robh mòran aig Graeme mun dithis aca ach cha robh i a'

---

crathadh-guaille   *shrug of the shoulders*

cur an làn choire airesan airson sin. Gu dearbha cha robh iad
a' dèanamh na cùis furasta dha.

Uill, bhiodh aca uile ri faighinn air adhart nuair a bha ise a'
fuireachd an seo. Cha bu chaomh le Jo a bhith a' taghadh eadar
dà phaidhear bhrògan gun luaidh air a bhith a' taghadh eadar
na daoine a b' fheàrr leatha. Bhiodh aca dìreach ri dèiligeadh
leis. Sheall i ri Graeme a' dèanamh ceapaire dha fhèin, an aon
fhear a h-uile latha. Càise agus sailead le Marmite.

'Don't you ever get bored of eating the same thing?'
dh'fhaighnich i le leth-ghàir'.

Chuir Graeme sìos an sgian agus choisich e a-null thuice,
a' cur a ghàirdeanan timcheall oirre, 'That's just me, honey. I
find something I like and I stick with it. You should know that.'

'Are you comparing me to a cheese and Marmite sandwich?'

'Certainly not. You're much tastier.'

Thug e pòg dhi ma beul agus chaidh iad nan cabhaig air ais
dhan leabaidh. Bhiodh an cofaidh fuar mun àm a thilleadh iad.

*

'Chan eil mi smaoineachadh gu bheil seo a' dol a dh'obrachadh,'
thuirt Anna, a' coimhead rithe fhèin sa chòta fhada dhubh
agus an ad bheag trilby.

'Dè tha ceàrr air?'

'Uill, tha sinn a' feuchainn ri cumail à sealladh.'

'Tha speuclairean dubh agam cuideachd.'

'Chan eil sin gu bhith na chuideachadh, Bell.'

'Dè tha thusa smaoineachadh, ma-thà? 'S tusa an genius an
seo agus chan eil mi air plana sam bith a chluinntinn bhuatsa
fhathast.'

Thug Anna dhi an còta agus an ad agus chaidh i airson
suidhe sìos air leabaidh Bell, a' cur stad oirre fhèin aig an diog
mu dheireadh.

'Cuine chuir thu siotaichean ùr air do leabaidh mu
dheireadh?'

---

gun luaidh air   *let alone, to say nothing of*

'Umm …'

'Never mind,' arsa Anna agus dh'fhuirich i na seasamh. 'An rud as cudromaiche nuair a tha thu a' leantainn cuideigin 's e gu bheil thu a' coimhead cho àbhaisteach 's a ghabhas.'

'Sin thusa buggered, ma-thà.'

'Dùin do chab. Chan eil againn ach a bhith cumail pìos air falbh agus, ma chì e sinn, canaidh sinn gu bheil sinn dìreach a-muigh airson cuairt no rudeigin.'

'Nach b' urrainn dhomh dìreach an ad a chur orm? Phàigh mi deich notaichean airson na h-adan sin.'

'Chan urrainn. *Inconspicuous*. Sin am facal againn airson an latha an-diugh.'

'Alright,' arsa Bell le osann beag. 'Càit' bheil e gu bhith, ma-thà?'

Bha an laptop aig Anna fosgailte air bòrd a' chidsin agus air a' sgrìon bha mapa dhen bhaile le dot bheag dhearg a' priobadh os cionn garaids san Taobh an Iar. B' e sin a' gharaids far am biodh Graeme ag obair air na càraichean aige.

'Tha e aig obair an-dràsta,' thuirt Anna. 'Tha mi air a bhith leantainn a' signal bhon fòn-làimhe aige airson latha no dhà a-nis. Bidh e a' dol a-mach airson lòn a dh'aithghearr. 'S urrainn dhuinn faicinn càit' an tèid e.'

'Mìorbhaileach,' thuirt Bell, a' cur iuchraichean a' chàir na pòcaid. 'Operation Faigh Riods dha Graeme a' tòiseachadh!'

Caibideil 5

Bell and Anna have tailed Graeme to the park where he eats his sandwich every lunchtime. They are shocked to see a beautiful woman approach him, kiss him and give him a parcel. Anna has to go back to the job centre, but Bell follows the woman to a jeweller's shop and is invited in to look at the rings. This is worse than they suspected; Graeme's bought an engagement ring. Bell tells Anna to come and see her A.S.A.P. Anna arrives at the off-licence where Bell works just in time to scare some customers who are trying to leave without paying.

Bha iad cinnteach nach robh Graeme air am faicinn. Bha e na shuidhe air being sna Botanics ag ithe ceapaire. Shuidh Anna agus Bell pìos air falbh air ruga, a' toirt a chreids gun robh iad a' gabhail picnic. Bha Bell air ceithir canaichean leann agus pacaid de shuiteas steigeach a thoirt leatha. Ghabh Anna gàmag dhen ubhal aice agus sheall i ri Bell le gràin.

'Carson nach ith thu biadh ceart?'

'Chan eil mi ag iarraidh bhith cho caol ri stamh mar thusa. Feumaidh mi leann airson na curves agam a chumail. Bheil thu ag iarraidh siùcar?'

'Cha ghabh, tapadh leat. Dè tha e a' dèanamh a-nis?'

Sheall Bell thairis air a gualainn gu fàthach, 'Tha e fhathast ag ithe a' cheapaire ud.'

---

suiteas steigeach   *sticky sweets*
gàmag   *mouthful*
cho caol ri stamh   *as thin as a reed [lit. as a sea-tangle]*

'An aon cheapaire a h-uile latha. Thighearna, tha e cho dòrainneach. Cia mheud latha tha sinn air a bhith ga leantainn a-nis? Agus chan eil càil air atharrachadh. Dè fo ghrian a tha Jo a' faicinn san duine?'

Bha iad air a bhith a' leantainn Ghraeme airson ceithir làithean a-nis agus cha robh iad air càil ionnsachadh ach nach robh càil ann ri ionnsachadh. Bhiodh e a' dol a dh'obair, ag ithe ceapaire le càise sa phàirc agus a' dol dhachaigh. Aon latha, dh'fhàs iad gu math dòchasach nuair a ghabh e rathad eadar-dhealaichte a dh'obair ach bha e dìreach a' dol dhan bhanc.

'Tha e mar seann bhodach. Èist, Anna, chan eil mi smaoineachadh gu bheil seo gu feum. Chan eil mi smaoineachadh gur e seòrsa duine aig a bheil secrets a …'

Stad Bell, na sùilean aice cruinn 's i coimhead chun na being.

'Bell, dè th' ann?'

'Seall.'

Choimhead an dithis aca am boireannach eireachdail a shuidh sìos ri taobh Ghraeme air a' bheing. Bha deise dhearg le sgiort oirre, brògan àrda dearga agus baga spaideil aice ma gualainn. An rud a b' iongantaiche mu deidhinn, tà, b' e am falt aice. Bha e geal-bàn, a' deàlradh nuair a bha a' ghrian a' laighe air, agus air a cheangal ma ceann ann an cnoc spaideil. Lùb i a-null thuige agus thug i pòg dha ma phluic. Cha b' urrainn dhaibh an cluinntinn ach bha iad a' dèanamh tòrr gàireachdainn; ise a' cur a làimh air a ghàirdean, esan a' ruadhadh. A-mach às a baga spaideil thug i pasgan beag, a chuir i na làimh le gàire.

'Oh mo chreach!' thuirt Bell ann an guth a bha ro àrd. 'O-M-C!'

---

eireachdail   *handsome*
a' deàlradh   *gleaming*
cnoc spaideil   *a smart beehive*
lùb i a-null thuige   *she bent over towards him*
a' ruadhadh   *blushing*

'Ist, òinsich, tha iad dol gar cluinntinn.'

'Duilich. Ach feumaidh sinn innse dha Jo mu dheidhinn seo.'

'Chan eil fhios againn cò th' innte fhathast. Bi foighidneach. Bheil camara agad?'

Cha do dh'fhuirich am boireannach fada ach fhuair iad air dealbh a ghabhail dhith leis a' fòn-làimhe aig Bell. Nuair a sheas i airson falbh, bha Graeme air seasamh cuideachd agus thug iad pòg eile dha chèile mam pluicean.

'Am bleigeard!' thuirt Bell. 'Tha Jo fada nas brèagha na 'n tè ud. Dè tha e a' smaoineachadh?'

'Bu chòir dhuinn faicinn càit' a bheil am boireannach ud a' dol. Dè an uair a tha e?'

'Cairteal gu dhà.'

'Dòlas. Tha agam ri dhol air ais a dh'obair. An urrainn dhutsa dhèanamh leat fhèin?'

'Aidh. Chan eil mi ag obair gu còig uairean.'

'Uill, tha cho math dhut greasdainn ort, ma-thà.'

Leum Bell gu casan agus, a' tilgeil an dà chana leann a bh' aice air fhàgail na baga, dh'fhalbh i na cabhaig às dèidh a' bhoireannaich. Chitheadh i am falt geal-bàn aice a' dol à sealladh tro na craobhan. Ged a bha am boireannach a' coiseachd ann an cnuip-àrda, bha i a' gluasad mar an dealanach. An-dràsta 's a-rithist, ghabhadh i thairis an t-sràid, a' figheadarachd tro na càraichean, agus bhiodh aig Bell ri leum a-mach dhan trafaig gus cumail suas rithe. Mu dheireadh, lorg Bell i fhèin stuicte ann am meadhan sràid, sruth de chàraichean a' siubhal gach taobh dhi, a' coimhead a' bhoireannaich a' gabhail timcheall còrnair agus a' dol a-mach à sealladh.

'Daingit!'

Ghabh i tarsainn na sràid agus chun a' chòrnair far am faca i am boireannach a' dol. Sheas Bell air a' chabhsair a' coimhead taobh seach taobh ach cha robh sgeul oirre. Thug i am fòn-làimhe aice à pòcaid agus thòisich i a' feuchainn ri smaoineachadh air an dòigh a b' fheàrr innse dha Anna gun

---

bleigeard   *soundrel*

tha cho math dhut greasdainn ort   *you'd better hurry up*

do chaill i an targaid nuair a chunnaic i boillsgeadh dhen fhalt geal-bàn ann an uinneag na bùtha ri taobh. Ghabh i ceum air ais gus an t-soidhne a leughadh: *J. Kennedy Jewellers.*

Bha an uinneag loma-làn le grìogagan is fàinneachan òirmhor, gach tè a' cosg barrachd na bha Bell a' cosg ann an sia mìosan, ach b' e an tè sa mheadhan a bha air sùil Bell a ghlacadh. Cnap de dh'fhàinne platinum air a sgeadachadh le daoimeanan is rùbaidhean. Bha i a' cosg còig deug mìle not agus chan fhaca Bell càil cho grannda na beatha riamh roimhe.

Rinn glag bheag air doras na bùtha gliongadaich sunndach agus nochd an ceann geal-bàn timcheall an dorais.

'Beautiful, isn't it? You can come inside if you'd like to try it on.'

'Umm … alright. Thanks.'

'Juliet Kennedy. Lovely to meet you.'

Cha robh Bell air a bhith a-staigh ann am bùth mar seo o chionn bhliadhnachan. Cha robh i a' faireachdainn cofhurtail ann an àiteachan spaideil. Bhiodh i a' faireachdainn mar gun robh daoine ga sgrùdadh agus ag obrachadh a-mach sa spot nach robh còir aicese a bhith nam measg. Ach cha robh Juliet seo ro dhona. Thog i an fhàinne eagalach às an uinneig agus chuir i ma meur i. Bha i trom agus dh'fhairicheadh i na daoimeanan a' bìdeadh a craicinn.

'This ring was designed for a very exclusive client.'

'Was it P. Diddy?'

'I don't know what that means,' thuirt Juliet, gàire mheallta air a liopan fad an t-siubhail, 'but it really is a very special piece.'

Thug Bell sùil oirre fhèin san sgàthan agus cha mhòr nach do rinn i lachan. Bha i a' coimhead dìreach amaideach le jeans reubte, seann lèine-t le *The Slits* sgrìobhte oirre agus fàinne cho mòr ri oraindsear ma corraig. Bha Juliet a' coimhead cho dòchasach, tà, 's nach bu dùraig dhi an fhìrinn innse dhi.

---

grìogagan is fàinneachan òirmhor   *jewellery [lit. beads] and golden rings*
air a sgeadachadh le   *adorned with*
meallta   *wicked, mischievous*

Sheall Anna ris an duine a' tuisleachadh ma coinneamh,
'Are you going to behave yourself?'

'Yes! Aah! Get off ma foot!'

Thog Anna a cas bhon chois aige.

'Oh, sorry. Was I on your foot?'

Thug e sùil oirre mar gun robh e dol a chantainn rudeigin
eile ach dh'atharraich e inntinn agus dh'fhalbh e gu cuagach,
na caraidean aige a' feuchainn ri chuideachadh ach a' faighinn
an donais a dh'aindeoin sin. Cho luath 's a bha iad a-mach à
sealladh thill fois de sheòrsa chun na bùtha.

'D' you want to go for a fag break, Rab?'

Ghnog Rab a cheann agus dh'fhalbh e na dheann gu cùl na
bùtha agus deich mionaidean dha fhèin. Thàinig Anna gu cùl
a' chunntair agus thòisich i a' cuideachadh Bell leis an luchd-
ceannachd. Bha an loidhne air fàs na bu lugha air sgàths a'
bhuairidh le na balaich agus fhuair iad troimhe gu math luath.
Bha Anna na mòr chuideachadh cuideachd oir cha robh feum
aice an till a chleachdadh airson obrachadh a-mach na bh' aig
daoine ri phàigheadh. Nuair a bha a' bhùth aca dhaibh pèin
airson mionaid a-rithist, thuirt Bell rithe cho taingeil 's a bha i
airson a cuideachaidh.

'Anna the Avenger strikes again,' arsa Anna agus sheas i le
dùirn air a cruachain.

'Dè bha thu ag iarraidh innse dhomh, ma-thà?'

'O-M-C! Cha mhòr nach do dhìochuimhnich mi leis an
triùir ud. Lean mi am boireannach ud agus cha thomhais thu
càit' a bheil i ag obair?'

'Càite?'

''S e seudair a th' innte agus dh'innis i dhomh gun robh i air
fàinne-pòsaidh a thoirt gu client dìreach am feasgar ud fhèin.'

'Dha Graeme?'

---

a' tuisleachadh   *squirming*
gu cuagach   *awkwardly*
dh'fhalbh e na dheann   *he went off in a hurry*
le dùirn air a cruachain   *with her hands [lit. her fists] on her hips*
fàinne-pòsaidh   *an engagement ring*

'Aidh. Uill, cha tuirt i an t-ainm aige ach cò eile bhiodh ann? Cha robh i a' coinneachadh ri duine sam bith eile.'

'Tha seo eagalach.'

'Tha fhios a'm. Dè tha sinn dol a dhèanamh a-nis?'

Agus airson a' chiad turas bho choinnich iad ri chèile, cha robh freagairt sam bith aig Anna.

Caibideil 6

Mìcheal has been busking but not earning much money. He heads for the Bothy Bar in Partick, where he knows he can get a free pint in exchange for a song, and that's where he sees Bell. He really likes the look of her and hopes that the tall, scary girl who's with her isn't her partner. Mìcheal's just the type Jo used to go for before she met Graeme, which gives Anna an idea ... what if they were to introduce the two of them? They persuade Jo to leave boring old Graeme at home and come out to play, but seeing Jo and Mìcheal together makes Bell feel strange ... what is the matter with her?

Bha latha glè mhath air a bhith aig Mìcheal. Cha robh an t-uisg' air a bhith a' dòrtadh mar as àbhaist agus fhuair e air greis mhath a chur seachad a' seinn air an t-sràid leis a' ghiotàr mas do nochd na poilis airson a ghluasad air adhart. Bha e air cha mhòr fichead not a chosnadh a bha nise na phòcaid. Bha bhriogais glan, bha fhalt air a chìreadh agus bha e deiseil airson oidhche sa bhaile.

Dh'innis an gleoc ann am meadhan a' bhaile dha gun robh e leth-uair an dèidh deich. Bhiodh na clubs sàmhach fhathast ach bha onghail gu leòr a' tighinn bho na bàraichean a bha air an t-slighe chun an taigh-seinnse a b' fheàrr leis, Am Bothan Beag. Shìos taobh Phartaig, ann an teis-meadhan sgìre nan Gàidheal ann an Glaschu, bha bàr beag le stèids is microfòn far am faodadh tu òran a ghabhail. Chan fhaigheadh tu pàigheadh air a shon ach bheireadh iad dhut pinnt mar thaing nan robh thu math gu leòr. Bha Mìcheal air iomadh oidhche a chur seachad an seo, ag òl pinnt às dèidh gach òran, gus am faigheadh na pinntean làmh-an-uachdar agus nach biodh an comas aige seinn tuilleadh. Nuair a choisich e a-steach tron doras, bhuail am fàileadh air agus dh'fhairich e mar gun robh e air tilleadh dhachaigh. Leann agus fallas agus tombac fhathast, ged bha bliadhnachan a-nis bho chuir duine tè thuige a-staigh.

'Alright, Mikey!' dh'èigh Mairead ris bho chùl a' bhàir. 'Bheil thu dol a thoirt òran dhuinn?'

Bha a h-uile duine dèidheil air Mairead. B' ann leatha fhèin a bha am bàr on bhàsaich a màthair agus, mar a màthair, bha choltas oirre gum biodh ise beò gu ceithir fichead 's a sia-deug cuideachd. Shuidh Mìcheal sìos air stòl àrd agus rinn e gàire blàth rithe.

'Bu chaomh leam seinn dhut, a Mhairead, ach tha m' amhaich cho tioram.'

Thòisich e a' casadaich.

'Chan ... eil ... fhios a'm ... an ... urrainn ... dhomh ...'

'Sguir dheth sin. Gheibh mi pinnt dhut ach an uair sin tha fhios agad dè tha mi ag iarraidh cluinntinn.'

'*An Ataireachd Àrd* a-rithist? Nach eil òran sam bith eile ann as caomh leat?'

'Bheil thu ag iarraidh do phinnt no nach eil?'

'Ceart gu leòr. Nach tu tha cruaidh.'

''S ann mar sin as fheàrr leat mi.'

Cha robh an t-àite trang agus cha do chuir e air a' microfòn airson seinn. Bha seann ghiotàr aca sa bhàr a bha air a bhith ann o chionn bhliadhnachan agus chuir e seachad mionaid no dhà ga chur am fonn. Nuair a bha e deiseil tòiseachadh, leig Mairead èighe is bha am bàr air fad sàmhach.

'Hi. Is mise Mìcheal agus tha an t-òran seo airson nighean òg bhrèagha air cùl a' bhàir.'

Phriob e an t-sùil air Mairead agus thòisich e a' cluich. Cha

---

làmh-an-uachdar   *the upper hand*
bho chuir duine tè thuige a-staigh   *since anyone lit up [a cigarette] indoors*
ga chur am fonn   *tuning it*

robh e air facal fhaighinn a-mach nuair a chuala e onghail eagalach a' tighinn tron doras.

'Anna! Chan urrainn dhuinn hitman a phàigheadh.'

'Carson?'

'Uill, chan eil e ceart. Chan eil Graeme cho dona ri sin agus, co-dhiù, chan eil airgead sam bith againn. Tha mi smaoineachadh gu bheil hitmen gu math daor.'

'Hoidh, a leadaidhean! Bithibh sàmhach.'

A' cluinntinn guth làidir Mhairead, stad an dithis nigheanan san doras agus sheall iad mun cuairt. Bha am bàr air fad sàmhach gan coimhead.

'Fàilt' oirbh, a nigheanan,' thuirt Mìcheal gu dòigheil. 'Tha sibh dìreach ann an tìde airson òran.'

Chaidh an dithis aca nan cabhaig gu suidheachan aig a' chùl agus chrùb iad sìos sna sèithrichean boga mar gun robh iad airson a dhol à sealladh. Bhiodh sin gu math duilich airson an tè dhorch, smaoinich e, is i cho àrd ri lampa-sràid. Agus an tè eile? Uill, bhiodh e air mothachadh dhìthse an àite sam bith. Sa chiad àit', bha lèine-t oirre le ainm a' chòmhlain *Theatre of Hate* sgrìobht' oirre. Cha robh fios aig Mìcheal gun robh duine ag èisteachd ris a' chòmhlan sin ach esan agus athair. Bha i mì-sgiobalta a' coimhead agus bha sin uabhasach tarraingeach dha Mìcheal cuideachd. Cha b' ann dhasan nighean a bha a' cur seachad ùine na croich air a falt 's a maise-gnùis. Bha esan a' smaoineachadh gun robh a h-uile boireannach a' coimhead cho brèagha 's a ghabhadh a' chiad char sa mhadainn nuair a bha i dìreach air dùsgadh. Agus, gu dearbha, sin an coltas a bh' air an tè seo.

Bha e cho trang ga coimhead 's gun robh aig Mairead ri sùil gheur a thoirt air gus an tòisicheadh e. Bha an dithis nigheanan ga choimhead, a' feitheamh. Dh'fheumadh seo a bhith math.

'An àtaireachd bhuan, cluinn fuaim na h-ataireachd àrd ...'

Lùb Anna sìos agus sheinnsear i ann an cluais Bell, 'Tha plana agam.'

ùine na croich   *bloody ages, an inordinate amount of time [lit. the time of the gallows]*
seinnsear   *whisper*

Bha an tè dhorch air rudeigin a chantainn rithe. Thàinig e a-steach air gur dòcha gur e cupal a bh' annta ach cha robh e ag iarraidh sin a chreidsinn. Bha muinntir a' bhàir a' seinn còmhla ris a-nis, guth Mhairead os cionn chàich:

'Gun mhuthadh, gun truas, a' sluaisreadh gaineamh na tràigh …'

'Dè seòrsa plana?' thuirt Bell tro fuaim an t-sluaigh a' seinn.

'An duine sin air a' stèids. B' e sin a' seòrsa duine a bhiodh aig Jo mar boyfriend mas do choinnich i ri Graeme. 'S dòcha nan coinnicheadh i ris-san gun cuireadh e beagan teagamh na h-inntinn. Tha mise dol a chur fòn thuice. Bidh mi air ais ann am mionaid. Feuch an toir thu air-san tighinn is suidhe còmhla rinn.'

Bha an tè àrd air èirigh a-nis agus a' coiseachd a-mach an doras. Bha an nighean air a fàgail leatha fhèin. B' e seo an cothrom aige. Bha fhathast rann ri dhol agus sheinn e an dà loidhne mu dheireadh ann an aon anail:

''S an àm dhomh bhith suaint' am fuachd 's an cadal a' bhàis mo leabaidh dèan suas ri fuaim na h-ataireachd àrd tapadh leibh.'

Leum e sìos bhon stèids, a' cluinntinn duine no dithis a' gearan mu cho luath 's a chrìochnaich e, ach cha tug e an aire dhaibh. Sheas e air a beulaibh agus thabhaich e làimh oirre.

'Haidh. Mise Mìcheal.'

'Oh! Hallo. Bha mi dìreach dol a thighinn a bhruidhinn riut. Bheil thu ag iarraidh suidhe sìos?'

Stad a chridhe na chom. Bha i ag iarraidh bruidhinn ris!

'Dè mu dheidhinn gu faigh mi deoch dhut an toiseach?'

Thug seo oirre gàire mhòr a dhèanamh ris, 'Great! Pinnt *Stella* dhòmhsa, a Mhìcheil, agus bhodca le tonic airson Anna.'

'Do charaid? Aidh, gun teagamh. Cha bhi mi dà dhiog. Na gluais.'

Aig a' bhàr, thug Mairead ùine mas tàinig i a-nall thuige.

'Pinnt *Stella* agus bhodca is tonic. Agus am faigh mi fhèin pinnt eile cuideachd, a Mhairead?'

---

com   *chest, abdomen*

'Gheibh gu dearbha, Mhìcheil a luaidh, ach bidh agad ri pàigheadh air a shon.'

'Dè? Ach sheinn mi *An Ataireachd Àrd* dhut.'

'Mhill thu an deireadh. Tha mi dìreach taingeil nach robh Donaidh Rothach an seo airson a chluinntinn. Deich not is leth-cheud sgillinn.'

Thug Mìcheal an t-airgead à phòcaid agus sheall e ris gu gruamach. Cha bhiodh aige ach ochd notaichean is sgillinn no dha às dèidh seo. Ah, uill. Bha amharas aige gum biodh an nighean seo airidh air.

Bha a caraid air tilleadh nuair a thill e chun a' bhùird le na deochan aca. Rinn Mìcheal gàire mhòr chàirdeil rithe gus a thàmailt fhalach gun robh i air ais. Cha b' e a-mhàin gun robh e ag iarraidh a caraid dha fhèin, bha rudeigin neònach mu deidhinn.

'Haidh, 's tusa Anna? Fhuair mi bhodca dhut. Agus dhutsa,' thabhaich e a' phinnt air an nighinn agus mhothaich e nach robh fios aige air a h-ainm fhathast.

'Bell. Tapadh leat.'

Thog e a phinnt rithe agus dh'òl e a slàinte. Dh'òl i an dàrna leth dhen phinnt aice fhèin ann an aon bhalgam agus dh'fhairich Mìcheal mar gum b' urrainn dha tuiteam ann an gaol leatha.

Thug Jo sùil aithghearr mu dheireadh air a maise-gnùis san sgàthan a bha an-còmhnaidh aice na baga agus choisich i a-steach dhan bhàr. Bha e math a bhith mach às an taigh. Bu chaomh leatha na h-oidhcheannan a bhiodh aice fhèin is Graeme a' laighe dlùth am fianais an telebhisein no a' cluich *Scrabble* (strip *Scrabble* ma bha iad a' faireachdainn buileach dàna) ach cha robh càil coltach ri oidhche sa bhaile le na nigheanan.

Bha i dìreach gus suidhe sìos air an t-sòfa bhog aig Graeme gus fiolm a choimhead nuair a dh'fhònaig Anna bhon taigh-sheinnse. Bha ùine bhon a bha i sa Bhothan agus bha Anna

---

gus a thàmailt fhalach   *to hide his disappointment*
am fianais an telebhisein   *in front of the television*
dàna   *daring, bold*

air a bhith cho deimhinne air a' fòn gum feumadh i tighinn.
Cha robh i a' smaoineachadh gun robh e air cus dragh a chur
air Graeme gun do dh'fhàg i e leis fhèin. Cha robh esan airson
tighinn a-mach, co-dhiù. Bha e air a bhith rudeigin stùirceach
ach gheibheadh e seachad air sin. B' e sin aon dhe na rudan a
b' fheàrr mu dheidhinn Ghraeme – cha robh e na nàdar a bhith
greannach fada agus bha e an-còmhnaidh luath le mhaitheanas.
Chuimhnich i air a' chiad deit aca nuair a dh'fhàg i srianag air
peant a' chàir le zip a baga. Bha i air a bhith cho cinnteach gun
robh e gu bhith às a chiall leis an ainmein ach cha robh. Ghabh
e anail dhomhainn, thug e sùil mhionaideach air agus thuirt e:
  'I think I'll keep it like this. To remind me of you.'
  Dh'fhosgail i doras a' bhàir agus thug i sùil mun cuairt. Bha
e an-còmhnaidh furast' lorg fhaighinn air Anna ann an sluagh
agus, gu dearbha, chunnaic i a ceann le falt dubh an toiseach
a' nochdadh os cionn chàich. Chaidh i air fàth gu cùlaibh agus
chuir i a làmhan ma sùilean. Leum na làmhan aig Anna gu
làmhan-se, na h-ìnean biorach aice ag obair air a craiceann,
ach bha grèim teann aig Jo.
  'Tomhais cò th' ann.'
  'Leig às mi, Jo!'
  'Sguir ga mo sgròbadh led ìnean grannda. Ciamar a tha fios
agad gur e mis a th' ann?'
  'Leig às mi no bheir mi cnap asad!'
  'Alright. Tha mi duilich,' thuirt Jo, a' leigeil às ceann Anna
agus a' suidhe ri taobh an duine òig a bha còmhla riutha.
  'Cò tha seo?'
  'Oh, seo Mìcheal. A Mhìcheil, seo ar caraid Jo.'
  Rug an duine air làimh oirre. Bha na làmhan aige blàth,
bog agus rudeigin fallasach. *Ghìa.* Cha robh càil na bu lugha

---

deimhinne *positive*
stùirceach *morose, down in the dumps*
luath le mhaitheanas *quick to forgive*
srianag *a scratch, a mark*
ìnean biorach *sharp nails*
tomhais cò th' ann *guess who it is*
bheir mi cnap asad *I'll thump you one [lit. I'll take a lump out of you]*

air Jo na fireannach le làmhan laga. Bha e a' cur car na sta-maig. Thòisich i a' smaoineachadh air Graeme a-rithist. Bha làmhan matha aig Graeme agus bhiodh e gan cleachdadh gu math. Chuireadh i teacs thuige a dh'aithghearr gus dèanamh cinnteach nach robh e mì-thoilichte leatha.

'Nach eil, Jo?'

Bha Bell air a bhith a' bruidhinn ach cha robh i air facal a chluinntinn, 'Sorry, Bell. Dè bha sin?'

'Tha Mìcheal gu math eireachdail, nach eil?'

Sheall i gu mionaideach ris an duine a bh' air a beulaibh. Cha robh choltas air gum biodh e ga nighe fhèin ro thric. Cha bhiodh sgillinn ruadh aige sa bhanc agus nan tòisicheadh tu a' faighneachd dha càit an robh an dàimh eatorra a' dol, bhiodh e a-mach an doras agus sìos an rathad mus faigheadh tu gu deireadh an t-seantans. Aidh, na dhòigh fhèin bha e gu math tarraingeach.

'Tha e àlainn, Bell. Dè bhios tus' a' dèanamh, a Mhìcheil?'

'Bidh mi a' seinn,' thòisich Mìcheal agus ghluais Jo na b' fhaisg gus a chluinntinn ceart.

Gam faicinn a' còmhradh gu dòigheil, thug Anna uileann dha Bell na cliathaich agus rinn i gàire dhìomhair rithe. Bha am plana aice ag obair dìreach mar a bha i an dùil. Greiseag bheag leis an leisgear seo agus cha bhiodh cuimhn' aig Jo air Graeme. Cò idir a thuirt nach robh Anna Knox a' tuigsinn gnothaichean cridhe?

Rinn Bell gàire air ais ri caraid ach cha robh e buileach na sùilean. Oir nuair a chunnaic ise Mìcheal a' bruidhinn gu dlùth ri Jo, b' e farmad an aon rud a dh'fhairich i. Bha fhios aice nach biodh dòigh gum biodh ùidh aig Mìcheal innte-se le Jo a' suidhe ri thaobh ach dh'fhairich i rudeigin, co-dhiù. B' e sin an trioblaid a bh' aice, smaoinich Bell rithe fhèin. Bha i an-còmhnaidh ag iarraidh nan rudan nach b' urrainn dhi faighinn. Thog i a' phinnt aice agus chrìochnaich i na bha air fhàgail sa ghlainne. Bha sin na b' fheàrr.

---

leisgear   *lazy person, layabout*

Caibideil 7

It's turned into an all-night party – pubs, clubs and back to the girls' flat. Jo's been texting Graeme but he's quite happy at home with a good book. But Micheal's disappeared; maybe he didn't fancy Jo after all. Bell is disappointed. She and Anna realise they're going to have to raise their game: Plan B – Get a New Flatmate!

Sheall Graeme ris a' ghleoc a bha ri taobh na leapa. Cairteal gu ceithir agus cha robh Jo air tilleadh. Bha i air teacs a chur thuige aig meadhan-oidhche ag ràdh gun robh iad a' dol chun a' chlub far an robh i ag obair agus tèile aig dà uair sa mhadainn ag ràdh gun robh iad a' dol gu pàrtaidh aig taigh cuideigin. Thàinig an tè mu dheireadh aig cairteal gu trì:

In cob n gn lone wiv Anb. C tm. Lurve uuu xxx

Bha e a' smaoineachadh gun robh sin a' ciallachadh gun robh i air a dhol dhachaigh le Anna agus Bell ach cha bhiodh e comasach dha cadal gus am biodh e cinnteach. Thog e am fòn-làimhe aige agus dh'fheuch e an àireamh aice.

'Bay-beee!' chuala e i ag èigheachd ris am measg glaodhraich ceòl dannsa agus daoine a' cabadaich.

'Are you alright, honey? I was a bit worried. Hello?'

'… back at the flat … no, wait, don't put that there!'

'Jo?'

'I'm here, sorry. I'm at the flat. We're having a party. Come over. Stop it! For God's sake, you're going to break it … hahaha!'

'Jo? Are you still there?'

Ach cha robh choltas air gun robh i ann tuilleadh. Chuir Graeme dheth am fòn agus laigh e sìos. 'S dòcha gum bu chòir dha dhol chun a' flat agus pàirt a ghabhail sa phàrtaidh. Cha robh e ach fichead 's a còig deug. Cha robh adhbhar sam bith dha a bhith a' dol dhan leabaidh leis fhèin air Oidhche Haoine ach bha fhios aige nach deidheadh e ann. Bu chaomh leis caraidean Jo. Bha iad èibhinn, beothail (ged a bha faireachdainn aige nach robh iad ro mheasail air-san) ach bha e a' faireachdainn aost' nan cuideachd. Thoir dhasan leabhar tiugh agus muga seoclaid teth uair sam bith.

★

'Càite bheil Graeme? *Hic!*'

'Chan eil e a' tighinn. Tha e sa leabaidh. Bheil an aileag ort, Bell?'

'Dè? Chan eil – *hic!* – oh, 's dòcha gu bheil. An caomh leat Mìcheal, ma tha? *Hic!*'

Bha Bell agus Jo sa chidsin a' feuchainn ri cocktails a dhèanamh às an deoch-làidir a bha fhathast ri lorg sa flat. Bha aon bhotal uisge-bheatha, leth-bhotal bhodca agus botal beag *Peach Schnapps* aca gu ruige seo ach bha Jo cinnteach gun robh i air rudeigin a chur air falachd bho Bell an turas mu dheireadh a bha pàrtaidh aca.

'Tha e gu math snog. Tha mi smaoineachadh gu bheil fancy aige dhutsa.'

'Bheil thu – *hic!* – a' smaoineachadh? Cha do dh'fhuirich e fada.'

'Nach tuirt e gun robh obair aige no rudeigin?' arsa Jo 's i a' sporghail sa phreas. 'Agus *tha* fancy aige dhut. Nach fhaca tu mar a bha e ga do choimhead?'

Chuir Bell a ceann air a' bhòrd. Bha i air fada cus òl a-rithist ach bha i air a bhith a' faireachdainn cho nearbhach an dèidh

---

an aileag   *hiccups*
a' sporghail   *rummaging*

dhi mothachadh gun robh spèis aice dha Mìcheal. Cha mhòr nach robh i air dìochuimhneachadh gu lèir mun phlana aig Anna.

'Tha e àlainn, nach eil?'

'A-ha! Seall dè fhuair mise.'

Bho chùl a' phris, shlaod Jo a-mach botal de Kahlua agus làn-bhotal de bhodca.

'*White Russians*! Agus tha thu ceart, tha e àlainn.'

Shuidh Bell an-àirde mar gun robh sradag air a dhol troimpe. 'Chan eil thusa ga iarraidh, a bheil?'

'Mise? No chance. Tha mise toilichte le Graeme agamsa.'

'Oh, ceart. Son bha Anna a' smaoineachadh – *hic!*'

'Dè?'

Thaom Jo beagan bhodca is Kahlua ann an glainneachan dhaibh. Thug i am bainne a-mach às a' frids is lìon i na glainneachan chun a' mhullaich.

'Uill, gun robh Mìcheal nas coltaiche ris an seòrsa boyfriend bhiodh agad roimhe. Y'know – *hic!* – bha type agad. *Hic!*'

'An ainm an àigh! Òl sin.'

Chuir Jo glainne air a beulaibh le brag. Ghabh Bell balgam mòr agus shuidh iad airson mionaid, a' feitheamh.

'Nas fheàrr?'

'Aidh.'

'Taing do shealbh. Nis dè bha thu ciallachadh *type*?'

'Tha Mìcheal dìreach nas *cool* na Graeme.'

'Tha Graeme *cool!*'

Thòisich Bell a' gàireachdainn.

'Tha *e*! Sguir dheth. Agus cha robh mi smaoineachadh gun robh rudan mar sin a' cur dragh ortsa, co-dhiù.'

'Chan eil iad. Tha mi duilich. Tha mi dìreach dol gad ionndrainn nuair a thèid thu a dh'fhuireachd còmhla ri Bruce Forsyth.'

'Dùin do chab! Chan eil e aost'. 'S e inbheach a th' ann ach 's caomh leam sin. Bha mi tòiseachadh a' faireachdainn

---

an ainm an àigh!   *for heaven's sake*
taing do shealbh   *thank goodness*

mar nach gluaisinn às a' flat seo gu bràth. Tha mise dìreach toilichte gu bheil thu fhèin agus Anna air a bhith cho taiceil.'

'S dòcha gur e an deoch a bh' ann ach dh'fhairich Bell ciont an uair sin. Bha e soilleir gun robh Jo toilichte le Graeme, ge bith dè bha iadsan a' smaoineachadh, agus cha robh còir aicese a bhith a' feuchainn ri tighinn eadar sin. Bha a caraid airson fàs mòr agus, ged nach robh i ga thuigsinn, b' e sin a' chùis.

'Tha *mi* toilichte air do shon, Jo. Dìreach … na dìochuimh-nich ma mo dheidhinn.'

'Mar gum fàgainn thu leat fhèin le Anna. Càit' a bheil i, co-dhiù?'

Dhùin Bell a sùilean agus dh'fheuch i ri smaoineachadh air ais chun an turas mu dheireadh a bha i air Anna fhaicinn. Bha i air a bhith san rùm-suidhe ag argamaid ri Joshua mu dheidhinn rudeigin nach tuigeadh duin' eile san rùm ach an dithis aca. Bha am flat loma-làn agus bha Bell cinnteach gum biodh litir aca tron doras bhon chaillich shìos an staidhre madainn a-màireach. Bha cruinneachadh glè mhath aca dhe na litrichean aice air a' frids.

'Who wants a cocktail?' dh'èigh Jo tro dhoras a' chidsin agus fhreagair an sluagh le mòr ghlaodhraich.

Thog Bell a' ghlainne aice fhèin agus ghluais i tron t-sluagh chun an rùm-suidhe far an robh Anna agus Joshua nan suidhe air an t-sòfa ann am meadhan deasbad ainmeineach.

'Look, quantum mechanics states that there is no time when things are changing so how can it be possible for the brain to be reacting to alterations in reality?'

'You're totally missing the point as usual, Joshua. Do you know what microtubules are?'

'Don't patronise me. Of course I know what microtubules are.'

'Hey guys!'

Stad iad agus sheall iad ri Bell a' seasamh bhos an cionn. Bha i a' coimhead rudeigin cugallach air a casan agus cha

---

ciont *guilt*
cugallach air a casan *unsteady on her feet*

mhòr nach do shuidh i ann an uchd Joshua nuair a shuidh i sìos.

'Are you a bit tipsy, Bell?' arsa Anna.

Rinn Bell gàire chadalach rithe agus thug i pòg fliuch dha Joshua ma phluic, 'Aw, poor Joshy Josh. Why don't you go out with him, Anna?'

'Please don't call me that.'

Ghabh Bell grèim air na cinn aca agus thòisich i gam putadh nas fhaisg air a chèile, 'Go on. Ciosag beag dha Josh-ooo-ah!'

'Get off!'

Sheas Joshua an-àirde gu caiseach, 'I'm going to the loo.'

Choimhead Bell e a' coiseachd air falbh agus smaoinich i gun robh tòn gu math snog aig Joshua bochd. Cha robh e idir cho math ri tòn Mhìcheil ach bha esan air falbh agus air an tòn aigesan a thoirt leis. Bha i air a bhith cinnteach gun robh e air mothachadh dhi cuideachd ach bha e air falbh ann an uiread de chabhaig cho luath 's a ràinig iad an club 's gun do smaoinich i gur dòcha gun robh i ceàrr.

'Tha mi 'n dòchas gu bheil thu toilichte leat fhèin.'

'Och, bidh Joshy alright. Tha e dìreach rudeigin frionasach.'

'Chan e sin a bha mi ciallachadh. Dè thachair ris a' phlana? Bha dùil gun robh sinn dol a dh'fheuchainn ri Jo a stiùireadh gu Mìcheal ach chuir thusa seachad fad na h-ùine ga choimhead mar seann chù acrach a' coimhead gigot ròst.'

'Tha mi duilich, Anna. Bha e dìreach cho àlainn. Agus, co-dhiù, tha mi smaoineachadh gu bheil Jo gu math toilichte le Graeme. Bha i dìreach ag ràdh rium an-dràsta gun robh i a' coimhead air adhart ri fàs mòr.'

'Nach ist thu! Cha mhòr dà sheachdain ga leantainn agus chan eil sinn air adhartas sam bith a dhèanamh.'

'Exactly! Tha mi smaoineachadh gum bu chòir dhuinn dìreach tòiseachadh a' coimhead airson flatmate ùr.'

Sheall Anna rithe le iongnadh, 'Mo chreach! Tha thu ceart.'

'Dè? Dè thuirt mi?'

uchd *lap*
frionasach *sensitive*

'Flatmate ùr. Sin e! Bheir sinn a' chreids gu bheil sinn a' coimhead airson cuideigin eile a thig a dh'fhuireachd còmhla rinn, nach eil e a' cur dragh sam bith oirnn gu bheil i a' falbh. Le cuideigin ùr na h-àite, cuimhnichidh i cho math 's a tha e bhith còmhla rinne agus thig i air ais.'

Thug Bell sùil air a caraid agus chrath i a ceann. Bha gaol mòr aice dha Anna ach uaireannan bha i cinnteach gur ann à planaid eile a thàinig i. Leis a' *White Russian* a' blàthachadh a mionnaich, tà, smaoinich i gur dòcha nach robh am plana ùr seo ro dhona. Fiù 's ged nach cumadh e Jo leotha, gheibheadh iad an cothrom faicinn cò eile bha mun cuairt.

'Alright,' thuirt Bell. 'Operation Plan B: Lorg Flatmate Ùr a' tòiseachadh C-L-S-G.'

Agus, le sin, dh'òl i na bha air fhàgail sa ghlainne agus thuit i na cadal air gualainn Anna.

Caibideil 8

Bell and Anna have been interviewing new flatmates. The first two are disastrous, but the third one seems ideal. Jo has argued with Graeme because he thinks her friends have been spying on him. She thought he was a grown-up but he's obviously just a peevish little boy. She's appalled to arrive at the girls' flat to find them interviewing the third candidate. How could her best friends do this to her?

Bha iad air am feasgar a chur seachad a' sgioblachadh a' flat ach fhathast bha dust anns gach còrnair agus, ged a bha Bell air deagh oidhirp a dhèanamh leis a' *Febreze*, bha fàileadh làidir thombac a' crochadh air na ballachan.

'Chan eil fhios a'm carson a tha sinn a' bleadraigeadh le seo,' thuirt Bell, a' putadh ultach irisean fon t-sòfa le cois. 'Chan eil sinn ach a' toirt a chreids às dèidh nan uile.'

'Aidh, tha fhios a'm,' thuirt Anna, ise a' sadail cuairsgean-ubhail a-mach air an uinneig, 'ach feumaidh sinn a bhith coimhead mar gu bheil sinn a' feuchainn no bidh Jo amhar-asach gu bheil rudeigin ceàrr.'

'Tha thu ceart. Cò th' againn a' tighinn, ma-thà?'

Sheall iad a-rithist ris an liost de dh'ainmean. Cha robh ach seachdain air a dhol seachad on chuir iad an sanas air an eadar-lìon ach bha triùir aca mu thràth:

---

a' bleadraigeadh   *bothering*
às dèidh nan uile   *after all*

Màiri, 33, Tidsear, 1f
Kelly Ann, 22, Oileanach, 2f
Bianka, 28, 3f

Bha fhathast uair a thìde aca mas tigeadh a' chiad tè ach cha robh sgeul air Jo. Bha iad an dùil gum biodh i air tilleadh bhon taigh aig Graeme mun àm seo ach cha robh i air nochdadh. Co-dhiù, bha a' flat a' coimhead cho math 's a bha e ann am bliadhnachan. Chuimhnich e dha Bell air a' chiad latha aca còmhla innte. Bha an dàrna bliadhna san oilthigh gus tòise-achadh agus bha iad uile air tilleadh bho làithean-saora len teaghlaichean 's iad air a bhith ag ionndrainn a chèile. Bha latha àlainn aca a' sgeadachadh gach seòmar le postairean, cluasagan agus brataichean dathte. Ann an aon fheasgar, rinn iad lùchairt bheag dhaibh fhèin far am biodh saorsainn aca rud sam bith a dhèanamh. Chuir iad coinnlean air feadh an àite agus stiog iad magnatan air a' frids. Air doras an taigh-bhig, chuir iad dealbh dhen chaisteal mhòr aig Disneyland gus am b' urrainn dhaibh seall` tainn ris nuair a bha iad a' suidhe air a' phana. Bha an dealbh sin a-nis a' coimhead aost', na dathan air crìonadh. Rinn Bell osann rithe fhèin agus thug i sùil mu dheireadh mun cuairt. Bha iad air a bhith cho toilichte an latha sin. Cha robh i air saoilsinn gu bràth gun tigeadh e gu crìch.

Shuidh Jo air a' phana san taigh-bheag le ceann na làmhan. Cha robh i fhèin agus Graeme air argamaid idir bho choinnich iad agus a-nis cha robh iad fiù 's a' bruidhinn ri chèile. B' e a choire-san a bh' ann, bha sin cinnteach. Cha mhòr gum b' urrainn dhi creidsinn na bha e air cantainn mu Anna agus Bell. Bha e a' smaoineachadh gun robh iad air a bhith ga leantainn. Dè seòrsa amaideis a bha sin? Ag ràdh gun robh e air am faicinn ga choimhead aig obair agus anns a' phàirc agus nuair a chaidh e dhan bhanc. Nach robh gu leòr ann gun robh i gu bhith a' fuireachd còmhla ris ach gun robh e a-nis a' feuchainn ri tighinn eadar ise agus a caraidean? Bha e fiù 's air dèanamh a-mach gun robh iad air cuireadh a thoirt do Mhìcheal tighinn

---

lùchairt *palace*

a-mach còmhla riutha gus a stiùireadh air falbh bhuaithsan. *Do-chreidsinneach.* Agus bha i air a bhith cho cinnteach gur e duine ciallach, reusanta a bh' ann an Graeme. Am b' urrainn gun robh i air a bhith cho ceàrr? Thug i sùil oirre fhèin san sgàthan. Bha a' mhaise-gnùis aice air ruith sìos a h-aodann nuair a bha i a' gal. Chuir i boiseag uisge air a h-aodann agus nigh i am mascara bho sùilean.

Bha Graeme na shuidhe san rùm-suidhe a' leughadh leabhar mun dàrna cogadh. Cha do sheall e rithe nuair a choisich i seachad air an doras le còta oirre agus a baga na làimh.

'I'm going now.'

'Fine.'

'I'm really angry with you, Graeme.'

'And I'm not exactly happy about being called a liar, Jo.'

'Well, you are. And you're boring. Did you hear that? I said it and everyone else says it too. Boring!'

Agus le sin, dh'fhalbh i a-mach an doras, ga dhùnadh air a cùlaibh le brag.

Chuir Graeme sìos an leabhar aige. Cha robh e air a bhith ga leughadh, co-dhiù. *Boring.* Sin e, ma-thà. Bha fios air a bhith aige gur e sin a bha iad a' smaoineachadh ach bha e fhathast ga ghoirteachadh a bhith ga chluinntinn. Tà, b' fheàrr leis a bhith air ainmeachadh mar dhuine dòrainneach na mar bhreugaire. Bha e air mothachadh dhan dithis ud corra uair thairis a' cheala-deug a chaidh, a' snòtaireachd timcheall obair agus ga leantainn sa chàr aost' aig Bell.

Bha e a' creids gun robh iad a' feuchainn ri bhith dìomhair mu dheidhinn ach cha robh iad air a bhith uabhasach clubhair ma bha. B' e eòlaiche-chàraichean a bh' ann an Graeme. Bha e furast' gu leòr dha cuimhneachadh an carbad ud a bh' aig Bell. Agus mura robh, bha e furast' gu leòr Anna a lorg ann an sluagh. B' e an t-aodann cruaidh, geal aicese a chunnaic e

---

boiseag *splash*
dòrainneach *boring*
breugaire *liar*
a' snòtaireachd timcheall *sniffing around*

an toiseach, a' nochdadh bho chùlaibh craoibh sa phàirc 's e a' gabhail lòn. Bha iad fiù 's air a bhith sa phàirc air an latha nuair a choinnich e ri Juliet.

Cha robh iad idir air na tiogaidean fhaicinn a bha nise a' suidhe na phòcaid a' feitheamh airson a' cothruim cheart an toirt dha Jo ach, nise leis an argamaid a bha air a bhith aca, cha robh Graeme cinnteach an robh an t-àm ud dol a thighinn. 'S dòcha, smaoinich e ris fhèin, gun robh dòigh ann dèiligeadh ris an dà thrioblaid aig an aon àm.

*

'So why do you want the room, Kelly Ann?'

'Well, see, like ma mum says ah huvtae move oot cos ah've no' had a joab innae boot forever, but. This place is awright though. Canna huv ma boyfriend roun' an' all? He's just oot the jail so he needs a place tae kip, like.'

Shìn Kelly Ann air ais san t-sèithear. Bha na trainers dathte aice shuas air a' bhòrd agus aon chorrag a' cluich le pìos chewing gum na beul. Bha am falt bàn aice air a cheangal gu teann, a' tarraing a maoil suas a ceann. Bha aon chas a' gluasad gun sgur, mar gun robh i nearbhach, ach shaoil le Anna gur e an cana de *Tornado Energy Drink* bhon a bha i ag òl a bha ag adhbharachadh sin. Cha robh càil nearbhach mun tè seo. Bha i mu thràth a' coimhead timcheall an rùm mar gur ann leathase a bha an t-àite. Cha b' e sin dha Màiri bhochd.

Bha Màiri an Tidsear air nochdadh aig an doras aig uair feasgar air an diog. Beag agus meanbh, bha uiread de bhagannan aice 's gun robh feagal air Bell 's Anna gun robh i gu bhith a' gluasad a-staigh an latha sin fhèin. Chaidh i a-steach dhan rùm-suidhe leotha ach cha shuidheadh i sìos. Le na bagannan aice na làmhan fad an t-siubhail, sheas i aig an doras mar gun robh i airson a bhith deiseil ruith aig mionaid sam bith. Thug Anna agus Bell sùil air a chèile is dh'fhuirich iadsan nan seasamh cuideachd.

'Thuirt thu gun robh thu a' teagasg?'

Ghnog i a ceann gu cabhagach, 'Mm-hmm. Clas a dhà sa bhun-sgoil.'

'Aww, tha nighean bheag mo bhràthar gu bhith còig a dh'aithghearr,' thuirt Bell. 'Tha iad cho snog aig an aois sin.'

'Chan eil fhios agad cò ris a tha iad coltach,' thuirt i, a' coimhead riutha airson a' chiad turas, na sùilean aice a' bòcadh. Ged a bha a guth sèimh, bha e furasta an èiginn a chluinntinn innte.

'Tha iad eagalach. Cha bhi iad ag èisteachd rium uair sam bith. Dìreach a' ruith 's a' riaghail agus ag ithe nan crayons. Bheil fhios agaibhse dè tha crayons a' cosg?'

'Bheil thu ag iarraidh cupa tì?' thuirt Bell, a' dol a-null thuice agus a' cur làmh air a gualainn.

'Bidh iad a' cur nan corragan salach aca dhan tì agam agus a' gàireachdainn. Tha iad olc.'

Sheall Bell oirre le iongnadh agus ghluais i air falbh.

'Alright,' thuirt Anna. 'Tha mi smaoineachadh gu bheil sin gu leòr mu dheidhinn d' obair. Bheil càil sam bith a tha thu airson faighneachd dhuinne?'

'Dìreach aon rud. Bheil sibh air gaol is maitheanas Iosa Crìosd a lorg fhathast?'

Cha robh i air fuireachd uabhasach fada às dèidh freagairt Anna a chluinntinn.

Ged a bha Kelly Ann air a bhith gu math fadalach, bha Jo fhèin fhathast gun tilleadh. Cha bhiodh càil dhen adhartas seo gu feum mura nochdadh ise a dh'aithghearr. Bha e a-nis gu bhith trì uairean agus bhiodh an tè mu dheireadh an seo mionaid sam bith.

'Well, thanks for coming round. We'll let you know.'

'Aye, alright. An' like ah said ah won' huv the rent for the first munth bu' ah'll get on the joabseekers as soon as, eh?'

'Okay, bye,' thuirt Bell agus dhùin i an doras air a cùlaibh le osann faochaidh. 'Uill, taing do shealbh nach eil sinn a'

---

bòcadh   *swelling, widening*
èiginn   *desperation*
osann faochaidh   *a sigh of relief*

coimhead airson flatmate ùr oir bha an dithis ud às an ciall.'

'Tha fhios a'm. Agus chan eil Jo fiù 's an seo. Abair caitheamh tìde. Feuch ri fònaigeadh thuice a-rithist.'

Dh'fheuch Bell an àireamh aig Jo air an fhòn-làimhe aice.

'Voicemail. 'S dòcha gu bheil i air a' Subway.'

'Aidh. Uill, b' fheàrr leam gun greasadh i oirre. Tha an latha seo air a bhith èiginneach gu leòr.'

Ghnog cuideigin aig an doras. Gnog deimhinne agus, nuair a dh'fhosgail iad an doras, aodann deimhinne air a chùlaibh.

'You must be Bianka?' thuirt Anna, ga leigeil a-steach.

'Yes. So wonderful to meet you.'

Bha Bianka cha mhòr cho àrd ri Anna ach cha robh i spàgach, caol mar a bha ise. Bha an corp aig a' chreutair seo lùthmhor, sùbailte. Thilg i am falt fada ruadh aice bho guailnean agus thug i a-steach gach còrnair dhen trannsa le sùilean biorach uaine. Cha robh Bell air boireannach cho brèagha fhaicinn riamh na beatha agus bha i a' faireachdainn sa spot mar phoca buntàta. Cha b' urrainn dhaibh leigeil dhan tè seo am flat beag salach acasan fhaicinn. Bhiodh i a' smaoineachadh gur e leis-gear eagalach a bh' innte. B' e leisgear eagalach a bh' innte ach cha robh i airson gum biodh fios aig a' bhan-dia seo air sin.

'S dòcha gur e leasbach a th' annam, smaoinich i rithe fhèin ach, an uair sin chuimhnich i air tòn Mhìcheil agus dh'atharraich i a h-inntinn.

'Do you want a cup of tea?'

'Assam, please.'

'Alright,' thuirt Bell agus chaidh i na ruith chun a' chidsin.

Bha fios air a bhith aice na cridhe nach robh leithid a rud ri tì Assam aca ach fhathast bha pàirt bheag dhi an dòchas gun lorgadh i e. Choimhead i tro gach preas ach cha do lorg i ach tì àbhaisteach, tuba *Horlicks* le aon làn spàin air fhàgail ann agus deoch liomaid teth a bhiodh tu a' gabhail airson a' chnatain.

---

caitheamh tìde   *waste of time*
spàgach   *lanky, gangly, awkward*
lùthmhor   *agile*
ban-dia   *goddess*

Mu dheireadh, mheasgaich i an tì àbhaisteach le beagan dhen phùdar liomaid.

'Oooh, is this lemon ginseng?' thuirt Bianka, a' gabhail strùpag.

'Umm, yes,' arsa Bell le crathadh-guaille. 'It's my favourite. So you're interested in the room?'

Thuirt Bianka gun robh gu dearbha. Bha i ag iarraidh àiteigin nach robh cosgail oir bha i fhathast a' coimhead airson obair sa bhaile ach bha gu leòr aice air a shàbhaladh gus mìos no dhà a phàigheadh. Dh'innis i dhaibh mun t-siubhal a bha i air a dhèanamh agus na daoine annasach ris an robh i air coinneachadh agus bha iad cho glacte leatha 's nach cuala iad an doras a' fosgladh.

'Cò tha seo?'

'Oh haidh, Jo!' thuirt Anna ann an guth a bha ro àrd. 'Seo Bianka. Tha ise seo airson coimhead ris an rùm agad.'

'A' rùm agamsa?'

'Aidh. Tha i dìreach air gluasad dhan bhaile agus tha i coimhead airson caraidean ùr agus seach nach eil thusa gu bhith seo tuilleadh …'

'Tha sibh air cuideigin eile fhaighinn airson a' rùm agam mu thràth? Ceart. Uill, tha sin dìreach mìorbhaileach.'

Agus le sin, thionndaidh Jo air cnap a bròig agus ruith i bhon rùm. Sheall Anna ri Bell agus phriob i a sùil oirre;

'Seall air sin. Deagh phlana, Bell. Dh'obraich sin dìreach mar a bha sinn an dùil.'

Caibideil 9

Anna feels uneasy. Bell wanted to confess to Jo that Graeme's suspicions were right, but Anna persuaded her not to. She runs into Jeffrey, the bloke from the library, who has been learning Gaelic in a vain attempt to impress her. Mìcheal and Bell are going to the same gig; the more he sees of her the more he likes her. But poor Jo is staying in her room, not answering Graeme's phone calls.

Bha faireachdainn neònach ann an teis-meadhan stamag Anna ach cha robh i cinnteach dè bh' ann. Faireachdainn teth, mì-chofhurtail. Fiù 's na suidhe anns an t-sèithear a b' fheàrr leatha san leabharlann le leabhar trom ma coinneamh, cha robh i a' faireachdainn aig fois. Ghabh i gàmag dhen cheapaire aice agus bha e mar gun robh an t-aran a' bòcadh na beul. Bha i air trod eile fhaighinn bho Milena aig a h-obair ach cha robh i a' smaoineachadh gur e sin a bh' ann.

Ghabh i grèim eile dhen cheapaire. Bha Milena fiadhaich leatha an-dràsta ach gheibheadh i seachad air a dh'aithghearr. Bha Anna a' faighinn trod airson rudeigin a h-uile seachdain agus bha i fhathast ag obair san donas àite sin. Cha b' e a h-obair a bha a' toirt oirre bhith faireachdainn cho loit. 'S dòcha gur e na thachair le Jo bu choireach.

An dèidh dha Bianka falbh, bha Bell agus Anna air gnogadh

---

san donas àite sin *in that bloody place [lit. in that devil of a place]*
loit *sore*

air doras rùm Jo. Cha do fhreagair i agus dh'fhosgail iad an doras airson sùil a thoirt a-steach. Bha Jo na laighe air an leabaidh am measg chluasagan is phlaidichean agus theadaidhean, a' rànail mar nighean bheag.

'Oh, Jo!' thuirt Bell, a' ruith a-null thuice agus a' cur a gàirdeanan timcheall oirre. 'Tha sinn duilich. Chan eil sinn ag iarraidh gum bi duine sam bith eile a' fuireachd còmhla rinn.'

'Cha b' urrainn dha duine sam bith d' àite-sa a ghabhail,' arsa Anna, a' suidhe rin taobh.

Shuidh Jo an-àirde agus shèid i a sròn air seann lèine-t.

'Chan e sin a th' ann. Bha argamaid agam le Graeme. Chan eil fhios a'm an urrainn dhomh … a bheil sinn gu bhith … agus bha mi …'

Cha chuala iad deireadh an t-seantans oir thòisich Jo a' rànail a-rithist. Lorg Anna neapraig am measg nam mìltean de gnothaichean agus thabhaich i sin oirre.

'Dè thachair?'

Shuath Jo a sùilean leis an neapraig agus tharraing i anail dhomhainn, 'Uill, thuirt Graeme gun robh e a' smaoineachadh gun robh an dithis agaibhse ga leantainn. A' spy-igeadh air no rudeigin. Nach eil sin craicte?'

Bhruidhinn Anna agus Bell aig an aon àm:

'Oh, aidh. Craicte. Dè? No way. Carson a thuirt e sin?'

Chrath Jo a ceann gu tùrsach, 'Chan eil fhios a'm. 'S dòcha gu bheil e a' faireachdainn draghail leis cho faisg 's a tha sinne. Bha mi smaoineachadh gun robh e nas ciallach na sin ach chan eil ann ach balach beag.'

Dh'fhosgail Bell a beul airson an fhìrinn innse dha Jo ach bha Anna air coimhead oirre leis an aodann ud agus stad i.

'Tha sinn duilich, Jo,' thuirt i mu dheireadh.

'Tha sin alright,' arsa Jo, na deòir air stad a-nis. 'Tha mi dìreach toilichte gun d' fhuair mi a-mach cò ris a bha e coltach mas deach mi a dh'fhuireachd còmhla ris.'

---

tùrsach   *sad, sorrowful*

Shuath Anna druim Jo agus dh'innis i dhi gun robh a h-uile
càil ceart gu leòr, gur e bleigeard a bh' ann an Graeme agus
gum faodadh i fuireachd far an robh i. Agus ged a bha i a'
coimhead calma bhon taobh a-muigh, bha i a' faireachdainn
mar gum b' urrainn dhi dannsa. Bha a' chùis air obrachadh
fhèin a-mach. Cha robh am plana aca air a bhith buileach
soirbheachail ach dè an diofar? Bha Jo gu bhith a' fuireachd
agus dh'fhaodadh cùisean a dhol air ais gu mar a bha iad.

Cha robh Bell air a bhith toilichte, ge tà. An dèidh dhaibh an
rùm fhàgail, bha i air grèim a ghabhail air a gàirdean agus air
a slaodadh a-steach dhan t-seòmar aice.

'Uill?'

'Uill dè?'

'Nach eil thu smaoineachadh gum bu chòir dhuinn innse
dhi a-nis?'

Sheall Anna rithe le iongnadh, 'Carson a dh'innseadh sinn
dhi? Dh'obraich a h-uile càil a-mach dhuinn.'

'Tha fhios a'm ach tha i cho brònach. Nach biodh e na b'
fheàrr dìreach an fhìrinn innse?'

Cha mhòr nach do leig Anna sgreuch. Bha fios air a bhith
aice gun robh seo a' dol a thachairt. Cha robh seasmhachd
sam bith aig Bell nuair a bha aice ri breugan innse.

'Oh, nach dùin thu do chab, Bell!' bha i air cantainn. 'Bha
thusa ag iarraidh seo a dhèanamh cuideachd. Nis gun d' fhuair
sinn ar miann, tha thu ag iarraidh a dhol air ais air. Tha thu
cho lag.'

Bha aodann Bell air atharrachadh an uair sin, ''S dòcha gu
bheil mi lag, Anna, ach tha sin nas fheàrr na bhith mar thusa.
Gun faireachdainn sam bith.'

Dh'fhàg i Bell leatha fhèin na seòmar agus chuir i seachad
an còrr dhen oidhche a' cluich Skyrim air a' choimpiutair.
Gheibheadh Bell seachad air. Bha i mionnaichte às. Sin a bha i
air innse dhi fhèin ach fhathast, bha am faireachdainn teth ud

---

brònach   *miserable*
seasmhachd   *staying power, consistency*
nis gun d' fhuair sinn ar miann   *now that we've got what we wanted [lit. our desire]*

na stamaig air fàs na bu mhiosa. Shad i na bha air fhàgail dhen cheapaire dhan bhion agus rinn i osann.

'Fay-scar ma. Kimar a ha oo?'

Bha fios aice cò bh' ann mas do sheall i suas. Bha fios air a bhith aice gun robh e a' dol a nochdadh a-rithist. B' e an t-iongnadh gun tug e cho fada. Cha do bhleadraig i fiù 's coimhead ris.

'Hello, Jeffrey. Is that supposed to be Gaelic?'

'Hammy ag oon-sac-ag egg class Ulpan. Hammy ag eerie date lat.'

Thug i leth-shùil air agus chunnaic i sa spot cho moiteil às fhèin 's a bha e. Bha e air dà sheantans ann an Gàidhlig ionnsachadh agus bha e cho cinnteach gun robh e air gu leòr a dhèanamh gus a h-aire a ghlacadh. Bha an t-aodann beag cruinn aige pinc le pròis agus bha na crògan aige ma chruachain mar ghaisgeach. Uill, shealladh ise dha.

'I don't know what you're talking about, Jeffrey, but I'm still not interested.'

'If I'm not doing it right, maybe you could teach me?'

'Alright, I'll teach you something. Mach à seo! Can you say that? It means get lost.'

'Right. Sorry I asked,' chrom Jeffrey a cheann agus thionndaidh e air falbh.

Chunnaic i e a' slaopaireachd a-mach doras an leabharlainn agus dh'fhàs am faireachdainn na stamaig na bu mhiosa buileach.

Mìorbhaileach. Dìreach mìorbhaileach.

★

Chuir Mìcheal a ghiotàr sìos agus thug e sùil dhan aid gus na bha e air cosnadh a chunntadh. Sia not agus fichead 's a trì sgillinn airson dà uair a thìde a' seinn anns an uisg' mhìn.

---

thug i leth-shùil air   *she glanced at him*
na crògan aige ma chruachain   *his hands [lit. his paws] on his hips*
a' slaopaireachd a-mach   *sloping off*

Bha miann làidir aige dhol dhachaigh ach bha e feumach air deich notaichean ma bha e a' dol a dhèanamh a' chùis air a dhol chun a' ghig a-nochd. Bha còmhlan punk ùr – *Secular Demons* – gu bhith a' cluich sa bhaile agus bha e air a bhith a' coimhead air adhart rim faicinn airson ùine. Thog e an giotàr a-rithist agus dh'fheuch e ri smaoineachadh air òran.

'Bheil fios agad air *Where is my mind* le na Pixies?'

'Bell!'

Bha i a' coimhead fiù 's na b' fheàrr na bu chuimhne leis. Bha am falt fada donn aice a' crochadh sìos a druim agus bha a h-aodann glan, gun mhaise-gnùis sam bith. An uair sin, chunnaic e gun robh lèine-t le *Secular Demons* aice oirre. 'S iongantach nach b' e soidhne a bh' ann!

'Bheil thu dol chun a' ghig a-nochd?' dh'fhaighnich e gu dòchasach.

'Aidh,' thuirt i, 'cha mhòr gun urrainn dhomh feitheamh. Am bi thu fhèin ann?'

Chluinneadh e rudeigin tùrsach na guth. A' sealltainn oirre na b' fhaisg, chitheadh e nach robh toileachas sam bith na sùilean.

'Gu dearbha. Bheil thu ceart gu leòr, Bell?'

'Umm … uill, chan eil. Airson an fhìrinn innse. Bha argamaid agam le mo charaid.'

'Cò? An tè àrd? Bha choltas oirre-se gun deidheadh i a dh'argamaid ri post feansa.'

Rinn Bell gàire bheag, 'Aidh. Ach 's e mise a th' ann cuide-achd. Bha sinn – '

Stad i.

'Bha sibh dè?'

Sheall i ris airson diog, a' feuchainn ri obrachadh a-mach am bu chòir dhi an còrr a ràdh, gus mu dheireadh thuirt i, 'No. Chan eil e gu diofar. Chì mi a-nochd thu, 's dòcha.'

Thuirt e gum faiceadh gu dearbha agus an uair sin bha aice ri falbh. Bha i gu bhith fadalach airson a h-obair. Bha aige ri airgead gu leòr a chosnadh gus a faicinn a-nochd. Bha e fhathast na chùis nàire dha gun robh aige ri falbh tràth air an

oidhche a choinnich iad. Cha robh càil san t-saoghal a bha e
ag iarraidh ach fuireachd a-muigh còmhla ri Bell 's a caraid-
ean ach cha robh sgillinn ruadh aige na phòcaid. B' e duine
bochd a bh' ann am Mìcheal ach bha phròis aige fhathast.
Nam biodh Bell còmhla ris-san, cha bhiodh mòran aca ach
chan iarradh i airson càil.

Thàinig òran thuige sa spot agus thòisich e a' seinn:
'I want to love you, love and treat you right ...'

★

Na laighe san leabaidh, chuala Jo a' fòn-làimhe aice a' bìogail
ach cha do sheall i ris. Bha fhios aice cò bhiodh ann. Bha
Graeme air fònadh mìle uair bhon a bha an argamaid ud
aca ach cha robh i airson bruidhinn ris. Bha fhios aice nach
robh e a' dol a dh'atharrachadh na sgeulachd aige mu na
nigheanan agus, mar sin, cha robh i airson facal a chluinntinn
bhuaithe. Ach fhathast bha an t-iarrtas am fòn a thogail agus
maitheanas a thoirt dha cho làidir. Cha robh i air mothachadh
gu seo cho domhainn 's a bha na faireachdainnean aice airson
Ghraeme. Nuair a bha cùisean gu math, bha iad dìreach a'
gluasad air adhart; dòigheil, glic agus gun strì. Nis gun robh
an t-sàbhailteachd ud ann an cunnart, bha Jo a' faireachdainn
mar gun robh a cridhe air a reubadh ann an dà leth.

Dh'fhosgail doras an rùm aice beagan agus nochd ceann
Anna timcheall an dorais.

'Bheil thu na do dhùisg?'

Shuidh Jo an-àirde, 'Aidh, trobhad a-steach. Tha mi duilich
mu dheidhinn staid an rùm. Chan eil mi air èirigh fhathast
an-diugh.'

Ghluais Anna ultach de ghnothaichean bho shèithear sa
chòrnair agus shuidh i sìos. Dh'fhairich Jo i fhèin a' dùsgadh
beagan agus thug i sùil cheart air a caraid. Bha rudeigin
neònach ma deidhinn. Bha an-còmhnaidh rudeigin neònach
mu dheidhinn Anna ach an-diugh bha e soilleir gu robh
rudeigin buileach ceàrr. Bha an t-aodann caol geal aice

ruiteach agus bha i ag obair air oir a còta le na h-ìnean fada aice, a' spìonadh nan snàithlean às.

'Bheil thu alright, Anna? Tha thu a' coimhead rudeigin iomagaineach.'

Sheall Anna rithe an uair sin agus bha truas na sùilean, 'Chan eil mi smaoineachadh gur e creutair uabhasach math a th' annam, Jo.'

'Dè? Anna, tha thusa mìorbhaileach.'

Chrath i a ceann, 'Chan eil fhios a'm mu dheidhinn sin.'

'Dè th' ann? Ge bith dè th' ann, 's iongantach nach eil e cho dona ri sin.'

Dh'fhosgail Anna a beul mar gun robh i airson rudeigin a chantainn ach chuir i stad oirre fhèin.

'Tha mi duilich, Jo. Tha mi smaoineachadh gu bheil mi dìreach ìosal le m' obair. Chan eil e gu diofar. Theirig thusa air ais a chadal.'

Agus le sin, dh'èirich i agus cha mhòr nach do ruith i a-mach às an rùm.

Dè fo ghrian a bha sin? smaoinich Jo, a' cur oirre gùn-oidhche agus a' toirt sùil anns an sgàthan. Mura biodh gun robh e do-chreidsinneach, bhiodh i a' smaoineachadh gun robh Anna a' faireachdainn ciontach mu dheidhinn rudeigin.

---

ruiteach　　*flushed, florid*
a' spìonadh nan snàithlean às　　*pulling the threads out of it*

Caibideil 10

The girls head for the gig. Mìcheal is waiting for them, excited to
see Bell. Jo is constantly checking her phone. Feeling guilty, Bell
confesses to Mìcheal what she and Anna have done, trying to break
Jo and Graeme up. Mìcheal is shocked, but persuades her to tell Jo
the truth. Jo races off to see Graeme, who welcomes her with open
arms. Anna is furious with Bell, but Mìcheal is proud of her for
doing the right thing.

Bha Bell deiseil aig a h-obair aig cairteal gu ochd, ga fàgail
gun mòran ùine airson a dhol dhachaigh agus deasachadh
airson a' ghig. Thàinig i a-steach dhan flat mar ioma-ghaoith,
a' coimhead airson na lèine-t a b' fheàrr leatha, na barallan
airson na *Doc Marten's* aice agus an eyeliner dubh a bh' aice a
dh'fhuiricheadh far an robh e ged a bhiodh tu ann am mosh
pit fad na h-oidhche.

'Bheil sibh cinnteach nach eil sibh airson tighinn còmhla
rium? Siuthadaibh. Bidh e nas fheàrr na bhith suidhe an seo a'
coimhead an telebhisean, co-dhiù.'

Bha Jo na suidhe fo phlaide air an t-sòfa na gùn-oidhche.
Cha robh aon chnàmh na corp ag iarraidh èirigh ach bha
fhios aice cuideachd nach b' urrainn dhi fuireachd sa flat aon
mhionaid eile. Shlaod i i fhèin an-àirde agus shuath i a sùilean.

---

ioma-ghaoith *whirlwind*
barallan *shoelaces*

'Aidh. Tha thu ceart, Bell. Thoir dhomh deich mion—'

Stad Jo 's i a' faicinn a faileis fhèin ann an sgrìon an telebhisein, 'Fichead mionaid agus bidh mi deiseil.'

'Dè?' arsa Anna. 'Bha dùil a'm gun robh sinn dol a choimhead Brian Cox còmhla.'

'Anna, no offence, ach tha mi ìosal gu leòr mu thràth.'

Dh'fhalbh Jo na cabhaig chun an t-seòmair aice, a' fàgail Bell agus Anna còmhla ann an sàmhchair mì-shuaimhneach. B'e Anna a bhruidhinn an toiseach.

'Bheil thu air faighinn seachad air an amaideas ud bho raoir, ma-thà?'

Thug Bell sùil chaiseach oirre, 'Dùin do chab, Anna. Tha mi seachd sgìth ag èisteachd riut.'

'Ceart ma-thà. Bidh mi sàmhach. Ach, Bell …'

'Dè?'

'Cùm thusa do chab dùint' cuideachd.'

Sheas Mìcheal aig taobh a-muigh an talla, a' gluasad bho chas gu cas. B' e oidhche fhuar a bh' ann agus bha e air a bhith a' feitheamh airson cairteal na h-uaireach gus faicinn an nochdadh Bell. Cha robh *Secular Demons* air tòiseachadh fhathast ach chluinneadh e bhon onghail a bha a' tighinn bhon taobh a-staigh gun robh an còmhlan a bha air romhpa gus a bhith deiseil. Bha e dìreach gus a shlighe a dhèanamh a-steach nuair a chunnaic e ceann dorch Anna a' tighinn timcheall a' chòrnair agus, air a cùlaibh, Jo agus Bell. Chùm e grèim air fhèin gus nach deidheadh e na ruith thuice.

Gabh air do shocair, a bhalaich, smaoinich e agus dh'fhuirich e far an robh e, a' cur a làmhan na phòcaidean agus a' feuchainn ri aodann a chumail rèidh, gun chùram.

Thug Jo uileann dha Bell na cliathaich, 'Nach tuirt mi riut? Tha e air feitheamh air do shon. Agus seall mar a tha e a' toirt a chreids nach eil e air d' fhaicinn. Aww, tha e cho cute!'

'Sguir dheth, Jo,' arsa Bell ach cha b' urrainn dhi ach gàire

---

faileas *reflection*

sàmhchair mì-shuaimhneach *an uneasy silence*

gun chùram *nonchalant*

bheag a dhèanamh rithe fhèin. Bha e air feitheamh oirre agus, mura b' e gun robh cùisean le Anna is Jo a' cur blas searbh air an oidhche, bhiodh i air a bhith cho sona ri bròg.

Cha mhòr gun robh iad air deoch fhaighinn nuair a nochd *Secular Demons* air a' stèids; còignear nighean le iomadh fàinne tro na sròinean, na malaidhean, na h-ilmeagan agus na cluasan aca. Sheas an seinneadar aig a' mhicrofòn, am falt orainds is pinc aice a' deàrrsadh fo na solais, agus leig i èigh mar gun robh i na h-èiginn. Thòisich an còmhlan a' cluich agus chaidh na daoine san talla craicte.

'Tha iad mìorbhaileach, nach eil?' thuirt Bell. 'An tèid sinn nas fhaisg?'

'Dè thuirt thu?'

Ghluais Mìcheal a cheann na b' fhaisg oirre gus a cluinntinn. Bha a chluais a-nis dìreach òirleach bho liopan agus dh'fhairich Bell miann làidir ciosag bheag a thoirt dha mun chluais àlainn ud. Ach, an àite sin, ghabh i grèim air làimh air agus dh'èigh i:

'Mosh pit!'

Shlaod i e tron t-sluagh gu beulaibh na stèids. An sin, bha na cuirp teann ri chèile. Daoine a' leum agus a' crathadh an cinn agus a' putadh a chèile taobh seach taobh. Cha robh àite san t-saoghal a b' fheàrr le Bell agus, le Mìcheal ri taobh agus smugaidean an t-seinneadair na falt, cha robh fhios aice an robh i air a bhith cho toilichte riamh. An uair sin, chunnaic i Jo a' seasamh aig a' chùl. Bha i a' coimhead ris a' fòn aice mar nach robh fhios aice dè bu chòir dhi a dhèanamh agus dh'fhairich Bell an ciont a' tilleadh.

'Bheil thu ceart gu leòr?'

Thionndaidh i agus bha Mìcheal ga coimhead le coibhneas. Chrath i a ceann agus ghluais iad air falbh bhon ghràisg bheothail gu àite a bha beagan na bu shàmhaiche.

---

cho sona ri bròg *as happy as can be [lit. as happy as a shoe]*
ilmeag *navel*
smugaidean *spittle*
coibhneas *kindness*
gràisg *mob, unruly crowd*

'Dè th' ann, Bell? Bheil thu fhèin is Anna fhathast a-mach air a chèile? Tha mi cinnteach, ge bith dè th' ann, nach eil e cho dona ri sin. Uill?'

Leig i h-anail agus dh'innis i dha mar a bha air tachairt; Jo a' falbh gu taigh Ghraeme, mar a dh'fheuch i fhèin is Anna ri tighinn eatorra. Bha i fiù 's air innse dha mun phàirt aige fhèin sa ghnothach agus, fhad 's a bha i a' bruidhinn, cha tuirt Mìcheal facal.

'Agus sin e. Tha mi a' faireachdainn eagalach mu dheidhinn.'

Mhothaich i an uair sin mar a bha Mìcheal a' coimhead rithe.

'Uill? Dè tha thu smaoineachadh?'

'Bu chòir dhut a bhith faireachdainn eagalach,' thuirt Mìcheal mu dheireadh. 'Dè seòrsa caraid a bhios a' dèanamh rudan mar sin?'

'Chan eil sin faidhear! Bha sinn dìreach airson Jo a chumail còmhla rinn.'

'Aidh. Dhuibh fhèin, thu fhèin is Anna. Na smaoinich thu idir dè bha Jo ag iarraidh?'

'Ach chan eil Graeme ceart dhi. Chan eil e—'

'Chan e do ghnothach-s' a tha sin. Mo chreach, Bell, grow up!'

Sheall Bell ris le uabhas, 'Mise? Dè ma do dheidhinn-s'? Dè an aois a tha thu agus tha thu fhathast a' seinn air an t-sràid airson do chosnadh. Gabh do chomhairle fhèin uaireigin.'

Le sin, thionndaidh i air cnap a bròig is choisich i air falbh. Bha i air cùis-bhùirt a dhèanamh dhan a' sin, ma-thà. Mar as àbhaist. Abair òinseach. Ghabh i balgam mòr bhon chana aice agus dh'fhairich i na deòir a' tòiseachadh na sùilean.

Thàinig Mìcheal gu cùlaibh agus chuir e làmh air a gualainn, 'Na falbh.'

Thionndaidh i thuige, 'Bheil thu smaoineachadh gur e caraid eagalach a th' annam gu dearbha?'

Chrath Mìcheal a cheann, 'Chan eil idir, Bell, ach tha mi a'

---

cùis-bhùirt   *mess, cock-up*

smaoineachadh gum bu chòir dhut an fhìrinn innse dha Jo. Dìreach seall oirre.'

Thionndaidh an dithis aca gus Jo fhaicinn a' feuchainn ri cuidhteas fhaighinn dha duine slìopach a bha a' còmhradh rithe.

'Am b' fheàrr leat gum biodh i le duine mar sin?'

Leig Bell osann trom, 'Tha thu ceart. Tha mi dìreach an dòchas nach marbh i an dithis againn.'

★

Sheas Jo am fianais doras taigh Ghraeme, a' suathadh an fhallais bho maoil. Bha i air ruith fad na slighe bhon talla agus bha a h-anail na h-uchd. Bha i air am fòn aige fheuchainn ach cha robh e a' freagairt. Bha i a' creids gun robh i airidh air sin an dèidh dhi a bhith ga sheachnadh ach bha e a' cur iomagain oirre, co-dhiù. *Dè ma bha rudeigin air tachairt dha?* Bhrùth i glag an dorais agus thug e ùine mas do fhreagair e.

'Hi.'

'Hi.'

Airson diog, cha tuirt iad càil. Sheas iad a' coimhead a chèile, a' faicinn mar a bha an t-sabaid aca air brath a ghabhail air an dithis aca. Bha Graeme a' coimhead sgìth, robach. Cho eadar-dhealaichte bhon duine sgiobalt' air an robh i eòlach. Cha robh Jo fhèin mòran na b' fheàrr. Ged a bha i air beagan oidhirp a dhèanamh i fhèin a dheasachadh airson a dhol a-mach, bha a h-aodann fhathast geal-glas le truas agus coltas briste, brònach ma deidhinn.

'I'm so sorry,' thuirt i mu dheireadh. 'You were right. I should've believed you. I'm so sorry.'

Dh'fhosgail Graeme a ghàirdeanan agus cha mhòr nach do thuit i annta. Bha fàileadh a chuirp cho àlainn an dèidh bhith cinnteach gun robh i air a chall agus dh'fhairich i faochadh ga lìonadh bho bhonn a casan suas gu mullach a cinn. Cha mhòr

---

slìopach *slippery*

bha a h-anail na h-uchd *she was panting, out of breath [lit. her breath was in her chest]*

nach do dhìochuimhnich i an fhearg dhubh a bha a' goil na stamaig. Bha i a' dol a mharbhadh Bell agus Anna. C-L-S-G!

'I can't believe they would do this,' thuirt i, na deòir a' sile-adh sìos a h-aodann. 'Well, maybe Anna at a push but not Bell. I just feel so betrayed.'

Tharraing Graeme i na b' fhaisg air agus shuath e na deòir bho h-aodann le neapraig. Cha bu dùraig dha Jo fhaicinn mar seo. Leis an fhìrinn innse, bha *e* a' faireachdainn gu math moiteil gun robh làn fhios aice a-nis nach robh esan air càil a dhèanamh ceàrr ach bha e fhathast goirt dha a bhith ga faicinn cho brònach. B' e an dithis òinseach ud bu choireach ach mhothaich Graeme, le mòr iongnadh, nach robh e a' fair-eachdainn searbh mu dheidhinn. Bha iad air an fhìrinn innse agus, co-dhiù, bha e a' tuigs' mar a bha iad a' faireachdainn. Cha robh e furast' leigeil às dha Jo. Bha e fhèin air fheuchainn agus cha robh e cinnteach am biodh e air seasamh mionaid na b' fhaide mura biodh i air tilleadh thuige. Aidh, bha aon rud a bha cumanta eadar esan agus na caraidean aig Jo:

'They love you just like I love you. They didn't want to lose you.'

★

'Uill, tha mi 'n dòchas gu bheil thu toilichte leat fhèin!' dh'èigh Anna 's i a' bualadh air doras an taigh-bhig. 'Thig a-mach à sin, Bell, gus an toir mi sloic dhut!'

Shuidh Bell air a' phana, a glùinean suas ma broilleach, agus dh'fheuch i gun tòiseachadh a' gal. Cha robh i air Jo fhaicinn cho ainmeineach a-riamh agus nise bha Anna a' trod rithe cuideachd. Bha i dìreach air a bhith a' feuchainn ris an rud cheart a dhèanamh. Bha i airson sealltainn dha Mìcheal nach b' e nighean bheag a bh' innte ach boireannach glic, onarach agus seall oirre a-nis, a' falachd san taigh-bheag is esan na sheasamh leis fhèin san trannsa. Dh'fheumadh i grèim

---

a glùinean suas ma broilleach *her knees up to her chest*

fhaighinn oirre fhèin. Dh'fhosgail i an doras, beag air bheag, gus an do ghabh Anna grèim teann oirre ma gàirdean, ga slaodadh a-mach.

'Aobh! Leig às mi!'

Bha aodann Anna uabhasach faisg oirre a-nis, 'Carson a dh'innis thu dhi, Bell?'

'Tha mi duilich ach bha mi a' faireachdainn eagalach. Tha fhios a'm nach eil thusa a' faireachdainn ciont ach tha mise!'

'Bha mi a' faireachdainn ciontach!'

'Robh?'

'Aidh, tha mi smaoineachadh. Chuir e beagan iongnadh orm gun teagamh ach bha am faireachdainn teth, mì-chofhurtail seo agam na mo stamaig agus cha robh e a' teicheadh ge bith dè dh'fheuchainn. 'S e ciont a tha sin, nach e?'

Ghnog Bell a ceann, 'Aidh. Sin no losgadh-bràghad.'

'Bha mi dol a dh'innse dhi mi fhèin ach nuair a bhiodh an t-àm ceart ann.'

'Cuine bhiodh sin? Bha i gu bhith fiadhaich leinn ge bith cuine dh'innseadh sinn dhi agus thuirt Mìcheal –'

'Esan! Bha còir fios a bhith agam gun robh rudeigin aigesan ri dhèanamh ris.'

Nochd ceann Mhìcheil timcheall an dorais an uair sin, 'Umm, a nigheanan, tha mi duilich ach a bheil sibh gu bhith mòran nas fhaide? 'S e dìreach gu bheil mi a' faireachdainn rudeigin mì-chofhurtail nam sheasamh aig doras na *Ladies*. Tha na bouncers ga mo choimhead.'

Thug Anna sùil chruaidh air ach cha tuirt i càil. Lean i fhèin agus Bell Mìcheal a-mach às an togalach agus chuidich e iad a' lorg tagsaidh. Leum Anna a-steach an toiseach, a' fàgail Mhìcheil agus Bell leotha fhèin air an t-sràid.

'Bidh a h-uile càil ceart gu leòr, Bell,' thuirt e gu socair. 'Tha mi pròiseil asad airson an fhìrinn innse.'

Ghluais e faisg oirre agus thug e pòg mhilis dhi ma liopan. Dh'fhairich Bell mar gun robh a neart a' fàgail a cuirp agus

---

losgadh-bràghad   *heartburn*

Velvet Underground. Laigh i air an t-sòfa ag èisteachd ri guth garbh-milis Lou Reed agus dhùin i a sùilean. Bha i gus tuiteam na cadal nuair a chuala i a' fòn aice a' dèanamh fuaim. Gu h-iongnadh, bha teacs ann bho Jo.

---

cianalas   *nostalgia, longing*

chuir i a gàirdeanan timcheall air, ga tharraing nas teinne rithe.

'Greas ort, Bell,' dh'èigh Anna gu caiseach bhon tagsaidh, 'Tha do bheul air gu leòr a dhèanamh a-nochd mar-thà.'

Nan suidhe san tagsaidh air an t-slighe air ais chun a' flat, cha tuirt Bell no Anna càil ri chèile. Chluich Anna geama air a' fòn-làimhe aice agus choimhead Bell a-mach air an uinneig ris

Thig gu taigh Ghraeme a-nochd aig 8f. Tha mi airson gun coinnich thu ri cuideigin.

Lorg Bell an àireamh aig Anna sa spot agus chuir i fòn thuice.

'An d' fhuair thusa teacs bho Jo?'

'Fhuair. Cò tha thu smaoineachadh a tha i a' ciallachadh?'

Chuala i guth ag èigheachd air cùlaibh Anna, 'Put that phone down, Anna. You have a client.'

'Sorry, Milena,' arsa Anna. 'Duilich, Bell. Feumaidh mi falbh. Chì mi thu a-nochd.'

Mas do chuir i a' fòn aice dheth, chuala Bell i a' bruidhinn ris a' chlient bhochd.

'I think the problem is that you're basically unemployable,' bha i ag ràdh ris an truaghan.

Chuir Bell sìos a' fòn le osann. Carson a bha i air èisteachd ri Anna? Bha i a' creids gur ann seach gur e genius a bha còir a bhith innte ach bha e soilleir a-nis nach robh fios sam bith aice mu ghnothaichean gaoil. Cha robh i cinnteach an robh Anna air a bhith ann an gaol na beatha. Gu dearbha, cha robh i air bràmair sam bith fhaicinn anns na deich bliadhna a bha iad nan caraidean.

Sheall i ris an teacs bho Mhìcheal a-rithist agus thug a cridhe leum. 'S dòcha nach robh feum aig Anna air rudan mar sin ach bha aicese. Bha Jo feumach air gaol cuideachd agus bha iadsan air tighinn faisg air sin a mhilleadh. Bha Bell dìreach an dòchas gum b' urrainn dhi maitheanas a thoirt dhaibh.

★

Cha robh Bell no Anna air a bhith aig taigh Ghraeme riamh roimhe ach, nuair a chunnaic iad an togalach eireachdail, aost' leis a' ghàrradh bheag bhòidheach ma choinneamh, thuig iad sa spot carson a bha Jo airson fuireachd an sin. Bhrùth iad glag an dorais agus, gun smaoineachadh, ghabh iad grèim air làimh air a chèile. B' e Graeme a dh'fhosgail an doras.

---

truaghan   *poor soul*
bràmair   *girlfriend/boyfriend*

'Ladies! You're here. Glad you came.'

Rinn an dithis aca gàire chàirdeil ris ach cha do rinn e tè air ais, 'We're just through here. Can you take your shoes off?'

Ghabh Bell feagal airson diog gun robh Anna dol a dh'fhalbh ach thug i dhith a brògan gun ghearan. Lean iad Graeme sìos trannsa fhada, peantaichean ealanta gach taobh a shealladh iad agus am brat-ùrlar bog fon casan. Chaidh iad a-steach dhan rùm-suidhe agus air an t-sòfa, ag òl fìon agus a' còmhradh gu dòigheil, bha Jo agus boireannach brèagha le falt geal-bàn.

'Anna, this is my sister, Juliet. Maybe you recognise her?' arsa Graeme le fiamh a' ghàir'. 'And Bell, I think you might've already met each other.'

'Umm, yes. Hello again,' thuirt Bell agus smèid i rithe.

'Hello,' thuirt Juliet agus smèid i air ais.

'Your sister?' thuirt Anna agus thòisich an triùir eile a' gàireachdainn.

'What's going on?' arsa Bell, a guth sàmhach, mì-chinnteach.

'You nearly ruined my surprise is what's going on,' thuirt Jo agus thug i cuireadh dhaibh suidhe sìos air an t-sòfa eile. Chunnt Bell trì san rùm fhèin. Abair àite!

'What surprise?' arsa Anna a' sealltainn ri Bell le uabhas.

B' e seo e, ma-thà. Bha i a' dol a phòsadh Ghraeme.

'Hoidh! Sguir a' coimhead ri chèile mar sin,' thuirt Jo gu caiseach. 'Tha fhios a'm dè tha sibh a' smaoineachadh agus chan eil sinn a' pòsadh. Bha Juliet dìreach gur cur an taobh ceàrr seach gum fac' iad sibh a' spy-igeadh orra.'

'You're not a jeweller then?' thuirt Bell ri Juliet.

'Oh, I am,' arsa Juliet. 'But I have other … connections too.'

Dh'fhairich Bell a h-aodann a' fàs teth. Leis an triùir aca gan coimhead mar thidsearan, bha Bell a' faireachdainn dìreach mar nighean bheag. Thug i sùil air Anna agus chunnaic i gun robh i fhèin air a maslachadh cuideachd. Bha fios air a bhith aig Graeme fad an t-siubhail.

'We're really sorry,' arsa Bell. 'We just wanted to make sure Graeme was good enough for Jo.'

'Yeah,' thuirt Anna, 'and we really didn't want to have to get another flatmate.'

'Nach ist thu!' thuirt Bell, a' toirt dòrn dha Anna ma gàirdean. 'We're glad she's moving in here with you, Graeme. Honestly.'

Rinn Graeme lachan an uair sin ach bha blàths ri chluinntinn ann.

'Listen, Bell. Anna. I love Jo very much and that means, apparently, that I have to love the both of you. To that end, I have managed to arrange this.'

Thug Graeme am pasgan às a phòcaid agus thabhaich e orra e, 'You wanted to know what I was doing so have a look.'

Ghabh Anna am pasgan bhuaithe gu faiceallach agus sheall iad ris na bha na bhroinn. An sin, bha ceithir tiogaidean airson turas gu Disneyland.

'Tha mi dol gu Disneyland mu dheireadh thall!' dh'èigh Jo agus shad i a gàirdeanan timcheall air Graeme, a' toirt dha pòg fhliuch ma leth-cheann. 'Agus tha sibhse a' tighinn còmhla rinn.'

Sheall Bell agus Anna rithe lem beòil fosgailte. An uair sin, leum Jo air am muin gus an robh iad uile nan cnuaic a' sgreuchail air an t-sòfa. Cha do phut Anna duin' aca air falbh. Tharraing i na caraidean aice nas fhaisg agus dh'fhairich i aig fois. 'S dòcha gun robh beagan dòchais ann dhi fhathast.

'Ach fuirich,' thuirt Bell ag èirigh, 'chan urrainn dha Graeme pàigheadh airson an dithis againne. It's too expensive, Graeme.'

'Ist, òinsich,' thuirt Anna fo h-anail.

'Don't worry,' arsa Juliet, 'I know some people who know some people. It's no problem.'

'I just want a chance for us to get to know each other,' thuirt Graeme.

Chrath Anna a ceann le iongnadh. Ciamar a bha Jo an-còmhnaidh a' lorg daoine mar seo? Gu dearbha, bha Graeme

---

cnuac *clump, bunch*

air a bhith aca gu tur ceàrr. Ma bha e deònach cuireadh a thoirt dhan an dithis acasan tighinn air an turas romansach aca dìreach gus eòlas nas fheàrr fhaighinn orra, bha barrachd foighidinn agus coibhneis aige na bha i riamh air a bhith an dùil. Ghabh i grèim air làimh air agus rinn i gàire bheag chàirdeil ris agus, ged a bha e soilleir gun robh seo a' cur rud beag bìodach feagail air Graeme, dh'fhàisg e an làmh aice air ais.

Cha do dh'fhuirich Graeme agus Juliet fada an dèidh sin. Thuirt Graeme gun robh iad a' coinneachadh rim pàrantan airson biadh agus gun robh aca ri greasdainn orra. Bha fios aig Jo gun robh Graeme dìreach a' dèanamh leisgeul gus ùine a chur seachad le na nigheanan agus dh'fhairich i a-rithist cho fortanach 's a bha i bhith le cuideigin cho tuigseach. An dèidh dhaibh falbh, sheas an triùir còmhla san rùm-suidhe gun fhacal airson mionaid.

'Tha mi duilich, Jo,' arsa Anna mu dheireadh, 'bha mise ceàrr.'

'Na dèanadh e dragh dhut, Anna,' thuirt Jo le fiamh a' ghàir', 'first time for everything. Agus dè ma do dheidhinn-sa, Bell? Dè thachair le Mìcheal?'

Chaidh aodann Bell pinc agus thòisich iad a' gàireachdainn.

'Bithibh sàmhach,' thuirt Bell, 'tha sinn dìreach dol a dh'fhaicinn dè thachras.'

'Tha fios agamsa dè tha dol a thachairt!'

'Cha mhòr nach do thachair e air a' chabhsair a-raoir ach bha tagsaidh againn a' feitheamh!'

'Nach ist sibh!'

'Duilich,' thuirt Jo, nuair a stad i a' lachanaich, 'ach dèan cinnteach gun toir thu taing dha airson na comhairle a thug e dhut. Tha duine math agad an sin.'

'Agus agadsa,' arsa Bell. 'Ach dè mu dheidhinn Anna bhochd? Nach faigh ise boyfriend a-chaoidh?'

Thug Anna sùil gheur orra, 'Carson a dh'fheumas mise boyfriend fhaighinn? Tha mise toilichte leam fhìn, alright? Agus co-dhiù, tha mi gu bhith trang airson greis.'

'A' dèanamh dè?'

'Tha mi gu bhith teagasg Gàidhlig. Tha aon oileanach agam mu thràth.'

A' suidhe còmhla ri Bell agus Anna air an t-sòfa an oidhche sin, a' coimhead air an eadar-lìon ri na rudan a dh'fhaodadh iad dèanamh ann an Ameireagaidh agus a' còmhradh gu sunndach, dh'fhairich Jo cho sona ri bròg (agus bha Jo an-còmhnaidh sona mu bhrògan). Bha fhios aice gun robh a' bheatha a bh' aice roimhe seachad ach cha robh uiread de dh'eagal oirre tuilleadh. Bha a' cheala-deug a bha air a dhol seachad air cùisean a dhèanamh gu math na bu shoilleire agus bha i deiseil a-nis airson gluasad air adhart. Airson fàs mòr.

'O-M-C!' dh'èigh Bell. 'Tha rud aca far an urrainn dhaibh do dheasachadh mar bhana-phrionnsa! Mise *Sleeping Beauty*!'

Leig Anna sgreuch, 'Aah! Mise *Snow White*!'

Sheall Jo ris an dithis aca.

'Mise *Cinderella*!' dh'èigh i agus rinn i gàire fharsainn riutha.

Uill, 's dòcha nach robh feum aice fàs mòr buileach fhathast.